朝花旬刊

「无论从旧道德，从新道德，只要是损己利人的，他就挑选上，自己背起来。」

——鲁　迅

柔石

文集

下

人民文学出版社

下 卷

为奴隶的母亲

她底丈夫是一个皮贩,就是收集乡间各猎户底兽皮和牛皮,贩到大埠上出卖的人。但有时也兼做点农作,芒种的时节,便帮人家插秧,他能将每行插得非常直,假如有五人同在一个水田内,他们一定叫他站在第一个做标准。然而境况总是不佳,债是年年积起来了。他大约就因为境况的不佳,烟也吸了,酒也喝了,博也赌起来了。这样,竟使他变做一个非常凶狠而暴躁的男子,但也就更贫穷下去,连小小的移借,别人也不敢答应了。

在穷底结果的病以后,全身便变成枯黄色,脸孔黄的和小铜鼓一样,连眼白也黄了。别人说他是黄胆病,孩子们也就叫他'黄胖'了。有一天,他向他底妻说:

"再也没有办法了,这样下去,连小锅子也都卖去了。我想,还是从你底身上设法罢。你跟着我挨饿,有什么办法呢?"

"我底身上?……"

他底妻坐在灶后,怀里抱着她底刚满三周的男小孩——孩子还在啜着奶,她讷讷地低声地问。

"你,是呀,"她底丈夫病后的无力的声音:"我已经将你出典了……"

"什么呀?"他底妻几乎昏去似的。

屋内是稍稍静寂了一息。他气喘着说：

"三天前，王狼来坐讨了半天的债回去以后，我也跟着他去，走到了九亩潭边，我很不想要做人了。但是坐在那株爬上去一纵身就可落在潭里的树下，想来想去，总没有力气跳了。猫头鹰在耳朵边不住地啼，我底心被它叫寒起来，我只得回转身，但在路上，遇见了沈家婆，她问我，晚也晚了，在外做什么。我就告诉她，请她代我借一笔款，或向什么人家的小姐借些衣服或首饰去暂时当一当，免得王狼底狼一般的绿眼睛天天在家里照耀。可是沈家婆向我笑道：

"'你还将妻养在家里做什么呢，你自己黄也黄到这个地步了？'

"我低着头站在她面前没有答，她又说：

"'儿子呢，你只有一个了，舍不得。但妻——'

"我当时想，'莫非叫我卖去妻了么？'

"而她继续道：

"'但妻——虽然是结发的，穷了，也没有法。还养在家里做什么呢？'

"这样，她就直说出：'有一个秀才，因为没有儿子，纪年已五十岁了，想买一个妾；又因他底大妻不允许，只准他典一个，典三年或五年，叫我物色相当的女人，年纪约三十岁左右，养过两三个儿子的，人要沉默老实，又肯做事，还要对他底大妻肯低眉下首。这次是秀才娘子向我说的，假如条件合，肯出八十元或一百元的身价。我代她寻了好几天，总没有相当的女人，'她说：现在碰到我，想起了你来，样样都对的。当时问我底怎样意见，我一边掉了几滴泪，一边却被她催的答应她了。"

说到这里，他垂下头，声音很低弱，停止了。他底妻简直痴似

的。一句没有话。又静寂了一息,他继续说,

"昨天,沈家婆到过秀才底家里,她说秀才很高兴,秀才娘子也喜欢,钱是一百元,年数呢,假如三年养不出儿子是五年。沈家婆并将日子也拣定了——本月十八,五天后。今天,她写典契去了。"

这时,他底妻简直连腑脏都颤抖,吞吐着问:

"你为什么早不对我说?"

"昨天在你底面前旋了三个圈子,可是对你说不出。不过我仔细想,除出将你底身子设法外,再也没有办法了。"

"决定了么?"妇人战着牙齿问。

"只待典契写好。"

"倒霉的事情呀,我!——一点也没有别的方法了么?春宝底爸呀!"

春宝是她怀里的孩子底名字。

"倒霉,我也想到过,可是穷了,我们又不肯死,有什么办法?今年,我怕连插秧也不能插了。"

"你也想到过春宝么?春宝还只有五岁,没有娘,他怎么好呢?"

"我领他便了。本来是断了奶的孩子。"

他似乎渐渐发怒了。也就走出门外去了。她,却呜呜咽咽地哭起来。

这时,在她过去的回忆里,却想起恰恰一年前的事:那时她生下了一个女儿,她简直如死去一般地卧在床上。死还是整个的,她却肢体分作四碎与五裂。刚落地的女婴,在地上的干草堆上叫,'呱呀,呱呀'声音很重的,手脚揪缩。脐带绕在她底身上,胎盘落在一边,她很想挣扎起来给她洗好,可是她底头昂起来,身子凝滞

在床上。这样,她看见她底丈夫,这个凶狠的男子,飞红着脸,提了一桶沸水到女婴的旁边。她简直用了她一生底最后的力向他喊:'慢!慢……'但这个病前极凶狠的男子,没有一分钟商量的余地,也不答半句话,就将'呱呀,呱呀,'声音很重地在叫着的女儿,刚出世的新生命,用他底粗暴的两手捧起来,如屠户捧将杀的小羊一般,'扑通;'投下在沸水里了!除出沸水的溅声和皮肉吸收沸水的嘶声以外,女孩一声也不喊——她疑问地想,为什么也不重重地哭一声呢?竟这样不响地愿意冤枉死去么?啊!——她转念,那是因为她自己当时昏过去的缘故,她当时剜去了心一般地昏去了。

想到这里,似乎泪竟干涸了。'唉!苦命呀!'她低低地叹息了一声。这时春宝拔去了奶头,向他底母亲的脸上看,一边叫:

"妈妈!妈妈!"

在她将离别底前一晚,她拣了房子底最黑暗处坐着。一盏油灯点在灶前,萤火那么的光亮。她,手里抱着春宝,将她底头贴在他底头发上。她底思想似乎浮漂在极远,可是她自己捉摸不定远在那里。于是慢慢地跑回来,跑到眼前,跑到她底孩子底身上。她向她底孩子低声叫:

"春宝,宝宝!"

"妈妈,"孩子含着奶头答。

"妈妈明天要去了……!"

"唔,"孩子似不十分懂得,本能地将头钻进他母亲底胸膛。

"妈妈不回来了,三年内不能回来了!"

她擦一擦眼睛,孩子放松口子问:

"妈妈那里去呢?庙里么?"

"不是,三十里路外,一家姓李的。"

"我也去。"

"宝宝去不得的。"

"呃!"孩子反抗地,又吸着并不多的奶。

"你跟爸爸在家里,爸爸会照料宝宝的:同宝宝睡,也带宝宝玩,你听爸爸底话好了。过三年,……"

她没有说完,孩子要哭似地说:

"爸爸要打我的!"

"爸爸不再打你了,"同时用她底左手抚摸着孩子底右额,在这上,有他父亲在杀死他刚生下的妹妹后第三天,用锄柄敲他,肿起而又平复了的伤痕。

她似要还想对孩子说话,她底丈夫踏进门了。他走到她底面前,一只手放在袋里,掏取着什么,一边说:

"钱已经拿来七十元了。还有三十元要等你到了后十天付。"

停了一息说,"也答应轿子来接。"

又停了一息,"也答应轿夫一早吃好早饭来。"

这样,他离开了她,又向门外走出去了。

这一晚,她和她底丈夫都没有吃晚饭。

第二天,春雨竟滴滴淅淅地落着。

轿是一早就到了。可是这妇人,她却一夜不曾睡。她先将春宝底几件破衣服都修补好;春将完了,夏将到了,可是她,连孩子冬天用的破烂棉袄都拿出来,移交给他底父亲——实在,他已经在床上睡去了。以后,她坐在他底旁边,想对他说几句话,可是长夜是迟延着过去,她底话一句也说不出。而且,她大着胆向他叫了几声,发了几个听不清楚的音,声音在他底耳外,她也就睡下不说了。

等她朦朦胧胧地刚离开思索将要睡去,春宝又醒了。他就推叫他底母亲,要起来。以后当她给他穿衣服的时候,向他说:

"宝宝好好地在家里,不要哭,免得你爸爸打你。以后妈妈常买糖果来,买给宝宝吃,宝宝不要哭。"

而小孩子竟不知道悲哀是什么一回事,张大口子'唉,唉',的唱起来了。她在他底唇边吻了一吻,又说,

"不要唱,你爸爸被你唱醒了。"

轿夫坐在门首的板凳上,抽着旱烟,说着他们自己要听的话。一息,邻村的沈家婆也赶到了。一个老妇人,熟悉世故的媒婆。一进门,就拍拍她身上的雨点,向他们说:

"下雨了,下雨了,这是你们家里此后会有滋长的预兆"。

老妇人忙碌似的在屋内旋了几个圈,对孩子底父亲说了几句话,意思是讨酬报。因为这件契约之能订的如此顺利而合算,实在是她底力量。"说实在话,春宝底爸呀,再加五十元,那老头子可以买一房妾了,"她说。于是又转向催促她——妇人却抱着春宝,这时坐着不动。老妇人声音很高地:

"轿夫要赶到他们家里吃中饭的,你快些预备走呀!"

可是妇人向她瞧了一瞧,似乎说:

"我实在不愿离开呢!让我饿死在这里罢!"

声音是在她底喉下,可是媒婆懂得了,走近到她前面,迷迷地向她笑说:

"你真是一个不懂事的丫头。黄胖还有什么东西给你呢?那边真是一份有吃有剩的人家,两百多亩田,经济很宽裕,房子是自己底,也雇着长工养着牛。大娘底性子是极好的,对人非常客气,每次看见人总给人一些吃的东西。那老头子——实在并不老,脸是很白白的,也没有留胡子,因为读了书,背有些偻偻的,斯文的模

样。可是也不必多说,你一走下轿就看见的,我是一个从不说谎的媒婆。"

妇人拭一拭泪,极轻的:

"春宝……我怎么能抛开他呢!"

"不用想到春宝了,"老妇人一手放在她底肩上,脸凑近她和春宝。"有五岁了,古人说:'三周四岁离娘身,'可以离开你了。只要你底肚子争气些,到那边,也养下一二个来,万事都好了。"

轿夫也在门首催起身了,他们噜苏着说,

"又不是新娘子,啼啼哭哭的。"

这样,老妇人将春宝从她底怀里拉去,一边说:

"春宝让我带去罢。"

小小的孩子也哭了,手脚乱舞的,可是老妇人终于给他拉到小门外去。当妇人走进轿门的时候,向他们说:

"带进屋里来罢,外边有雨呢。"

她底丈夫用手支着头坐着,一动没有动,而且也没有话。

两村的相隔有三十里路,可是轿夫的第二次将轿子放下肩,就到了。春天的细雨,从轿子底布篷里飘进,吹湿了她底衣衫。一个脸孔肥肥的,两眼很有心计的约摸五十四五岁的老妇人来迎她,她想:这当然是大娘了。可是只向她满面羞赧地看一看,并没有叫。她很亲懑似地将她牵上沿阶,一个长长的瘦瘦的而面孔圆细的男子就从房里走出来。他向新来的少妇,仔细地瞧了瞧,堆出满脸的笑容来,向她问:

"这么早就到了么?可是打湿你底衣裳了。"

而那位老妇人,却简直没有顾到他底说话,也向她问:

"还有什么在轿里么?"

"没有什么了，"少妇答。

几位邻舍的妇人站在大门外，探头张望的，可是她们走进屋里面了。

她自己也不知道这究竟为什么，她底心老是挂念着她底旧的家，掉不下她的春宝。这是真实而明显的，她应庆祝这将开始的三年的生活——这个家庭，和她所典给他的丈夫，都比曾经过去的要好，秀才确是一个温良和善的人，讲话是那么的低声，连大娘，实在也是一个出乎意料之外的妇人，她底态度之殷勤，和滔滔的一席话：说她和她丈夫底过去的生活之经过，从美满而漂亮的结婚生活起，一直到现在，中间的三十年。她曾做过一次的产，十五六年以前了，养下一个男孩子，据她说，是一个极美丽又极聪明的婴儿，可是不到十个月，竟患了天花死去了，这样，以后就没有再养过第二个。在她底意思中，似乎——似乎，——早就叫她底丈夫娶一房妾，可是他，不知是爱她呢，还是没有相当的人——这一层她并没有说清楚；于是，就一直到现在。这样，竟说得这个具着朴素的心地的她，一时酸，一会苦，一时甜上心头，一时又盐的压下去了。最后，这个老妇人并将她底希望也向她说出来了。她底脸是娇红的，可是老妇人说：

"你是养过三四个孩子的女人了，当然，你是知道什么的，你一定知道的还比我多。"

这样，她说着走开了。

当晚，秀才也将家里底种种情形告诉她，实际，不过是向她夸耀或求媚罢了。她坐在一张橱子的旁边，这样的红的木橱，是她旧的家所没有的，她眼睛白晃晃地瞧着它。秀才也就坐到橱子底面前来，问她：

"你叫什么名字呢？"

她没有答,也并不笑,站起来,走到床底前面,秀才也跟到床底旁边,更笑地问她:

"怕羞么?哈,你想你底丈夫么?哈,哈,现在我是你底丈夫了。"声音是轻轻的,又用手去牵着她底袖子。"不要愁罢!你也想你底孩子的,是不是?不过——"

他没有说完,却又哈的笑了一声,他自己脱去他外面的长衫了。

她可以听见房外的大娘底声音在高声地骂着什么人,她一时听不出在骂谁,骂烧饭的女仆,又好像骂她自己,可是因为她底怨恨,仿佛又是为她而发的。秀才在床上叫道:

"睡罢,她常是这么噜噜苏苏的。她以前很爱那个长工,因为长工要和烧饭的黄妈多说话,她却常要骂黄妈的。"

日子是一天天地过去了。旧的家,渐渐地在她底脑子里疏远了,而眼前,却一步步地亲近她使她熟悉。虽则,春宝的哭声有时竟在她底耳朵边响,梦中,她也几次的遇到过他了。可是梦是一个比一个缥缈,眼前的事务是一天比一天繁多。她知道这个老妇人是猜忌多心的,外表虽则对她还算大方,可是她底嫉妒的心是和侦探一样,监视着秀才对她的一举一动。有时,秀才从外面回来,先遇见了她而同她说话,老妇人就疑心有什么特别的东西买给她了,非在当晚,将秀才叫到她自己底房内去,狠狠地训斥一番不可。"你给狐狸迷着了么?""你应该称一称你自己底老骨头是多少重!"像这样的话,她耳闻到不止一次了。这样以后,她望见秀才从外面回来而旁边没有她坐着的时候,就非得急忙避开不可。即使她在旁边,有时也该让开一些,但这种动作,她要做的非常自然,而且不能让傍人看出,否则,她又要向她发怒,说是她有意要在傍人的前面暴露她大娘底丑恶。而且以后,竟将家里的许多杂务都堆积在她底身上,同一个女仆那么样。她还算是聪明的,有时老妇人底换下来的衣服放着,她也给她拿去洗了,虽然她说:

"我底衣服怎么要你洗呢?就是你自己底衣服,也可叫黄妈洗的。"可是接着说:

"妹妹呀,你最好到猪栏里去看一看,那两只猪为什么这样喁喁叫的,或者因为没有吃饱罢,黄妈总是不肯给它吃饱的。"

八个月了,那年冬天,她底胃却起了变化:老是不想吃饭,想吃新鲜的面,番薯等。但番薯或面吃了两餐,又不想吃,又想吃馄饨,多吃又要呕。而且还想吃南瓜和梅子——这是六月的东西,真稀奇,向那里去找呢?秀才是知道在这个变化中所带来的预告了。他镇日的笑微微,能找到的东西,总忙着给她找来。他亲身给她到街上去买橘子,又托便人买了金柑来。他在廊沿下走来走去,口里念念有词的,不知说什么。他看她和黄妈磨过年的粉,但还没有磨了三升,就向她叫:"歇一歇罢,长工也好磨的,年糕是人人要吃的。"

有时在夜里,人家谈着话,他却独自拿了一盏灯,在灯下,读起诗经来了:

"关关雎鸠,

在河之洲,

窈窕淑女,

君子好逑——"

这时长工向他问:

"先生,你又不去考举人,还读它做什么呢?"

他却摸一摸没有胡子的口边,怡悦地说道:

"是呀,你也知道人生底快乐么?所谓:

　　'洞房花烛夜,
　　金榜挂名时。'

你也知道这两句话底意思么?这是人生底最快乐的两件事呀!可是我对于这两件事都过去了,我却还有比这两件更快乐的事呢!"

这样,除出他底两个妻以外,其余的人们都大笑了。

这些事,在老妇人底眼睛里是看得非常气恼了。她起初闻到她底受孕也欢喜,以后看见秀才的这样奉承她,她却怨恨她自己肚子底不会还债了。有一次,次年三月了,这妇人因为身体感觉不舒服,头有些痛,睡了三天。秀才呢,也愿她歇息歇息,更不时的问她要什么,而老妇人却着实地发怒了。她说她装娇,噜噜苏苏的也说了三天。她先是恶意地讥嘲她:说是一到秀才底家里就高贵起来了,什么腰酸呀,头痛呀,姨太太的架子也都摆出来了;以前在她自己底家里,她不相信她有这样的娇养,恐怕竟和街头的母狗一样,肚子里有着一肚皮的小狗,临产了,还要到处的奔求着食物。现在呢,因为'老东西'——这是秀才的妻叫秀才的名字——趋奉了她,就装着娇滴滴的样子了。"儿子,"她有一次在厨房里对黄妈说:"谁没有养过呀?我也曾怀过十个月的孕的,不相信有这么的难受。而且,此刻的儿子,还在'阎罗王的簿里',谁保的定生出来不是一只癞虾蟆呢?也等到真的'鸟儿'从洞里钻出来看见了,才可在我底面前显威风,摆架子,此刻,不过是一块血的猫头鹰,就这么的装腔,也显得太早一点!"

当晚这妇人没有吃晚饭,这时她已经睡了,听了这一番婉转的冷嘲与热骂,她呜呜咽咽地低声哭泣了。秀才也带衣服坐在床上,听到混身透着冷汗,发起抖来。他很想扣好衣服,重新走起来,去打她一顿,抓住她底头发,狠狠地打她一顿,泄泄他一肚皮的气,但不知怎样,似乎没有力量,连指也颤动,臂也酸软了,一边轻轻地叹息着说:"唉,一向实在太对她好了。结婚了三十年,没有打过她一掌,简直连指甲都没有弹到她底皮肤上过,所以今日,竟和娘娘一般地难惹了。"同时,他爬过到床底那端,她底身边,向她耳语说:"不要哭罢,不要哭罢,随她吠去好了!她是阉过的母鸡,看见别人的孵卵是难受的。假如你这次真能养出一个男孩子来,我当送你两样宝贝——我有一只青玉的戒指,一只白玉的……"

他没有说完,可是他忍不住听下门外的他底大妻底喋喋的讥笑的声音,他急忙地脱去了衣服,将头钻进被窝里去,凑向她底胸膛,一边说:

"我有白玉的……"

肚子一天天地膨胀的如斗那么大,老妇人终究也将产婆雇定了,而且在别人的面前,竟拿起花布来做婴儿用的衣服。

酷热的暑天到了尽头,旧历的六月,他们在希望的眼中过去了。秋开始,凉风也拂拂地在乡镇上吹送。于是有一天,这全家的人们都到了希望底最高潮,屋里底空气完全地骚动起来,秀才底心更是异常的紧张,他在天井上不断地徘徊,手里捧着一本历书,好似要读它背诵那么的念去——'戊辰','甲戌','建寅之年,'老是反覆地轻轻地说着。有时他底焦急的眼光向一间关了窗的房子望去——在这间房子内是有产母底低声呻吟的声音;有时他向天上望一望被云笼罩着的太阳,于是又走向房门口,向站在房门内的黄妈问:

"此刻如何?"

黄妈不住地点着头不做声响,一息,答:

"快下来了,快下来了。"

于是他又捧了那本历书,在廊下徘徊起来。

这样的情形,一直继续到黄昏底青烟在地面起来,灯火一盏盏的如春天的野花般在屋内开起,婴儿才落地了,是一个男的。婴儿的声音是很重地在房内叫,秀才却坐在屋角里,几乎快乐到流出眼泪来了。全家的人都没有心思吃晚饭,在平淡的晚餐席上,秀才底大妻向用人们说道:

"暂时瞒一瞒罢,给小猫头避避晦气;假如别人问起,也答养一个女的好了。"

他们都微笑地点点头。

一个月以后,婴儿底白嫩的小脸孔,已在秋天底阳光里照耀了。这位少妇给他哺着奶,邻舍的妇人围着他们瞧,有的称赞婴儿底鼻子好,有的称赞婴儿底口子好,有的称赞婴儿底两耳好;更有的称赞婴儿底母亲,也比以前好,白而且壮了。老妇人却正和老祖母那么的盼咐着,保护着,这时开始说:

"够了,不要弄他哭了。"

关于孩子的名字,秀才是煞费苦心地想着,但总想不出一个相当的字来。据老妇人底意见,还是从'长命富贵'或'福禄寿喜'里拣一个字,最好还是'寿'字,或与'寿'同意义的字,如'其颐','彭祖'等。但秀才不同意,以为太通俗,人云亦云的名字。于是翻开了易经,书经,向这里面找,但找了半月,一月,还没有恰贴的字。在他底意思:以为在这个名字内,一边要祝福孩子,一边要包含他底老而得子底蕴义,所以竟不容易找。这一天,他一边抱着三个月的婴儿,一边又向书里找名字,戴着一副眼镜,将书递到灯底

旁边去。婴儿的母亲呆呆地坐在房内底一边,不知思想着什么,却忽然开口说道:

"我想,还是叫他'秋宝'罢。"屋内的人们底几对眼睛都转向她,注意地静听着:"他不是生在秋天吗?秋天的宝贝——还是叫他'秋宝'罢。"

秀才立刻接着说道:

"是呀,我真极费心思了。我年过半百,实在到了人生的秋期;孩子也正养在秋天;'秋'是万物成熟的节季,秋宝,实在是一个很好的名字呀!而且书经里没有么?'乃亦有秋',我真乃亦有秋了!"

接着,又称赞了一通婴儿的母亲:说是呆读书实在无用,聪明是天生的。这些话,说的这妇人连坐着都觉得侷促不安,垂下头,苦笑地又含泪的想:

"我不过因'春宝'想到罢了。"

秋宝是天天成长的非常可爱地离不开他底母亲了。

他有出奇的大的眼睛,对陌生人是不倦地注视地瞧着,但对他底母亲,却远远地一眼就知道了。他整天地抓住了他底母亲,虽则秀才是比她还爱他,但不喜欢父亲;秀才底大妻呢,表面也爱他,似爱她自己亲生的儿子一样,但在婴儿底大眼睛里,却看她似陌生人,也用奇怪的不倦的视法。可是他的执住他底母亲愈紧,而他底母亲的离开这家的日子也愈近了。春天底口子咬住了冬天底尾巴;而夏天底脚又常是紧随着在春天底身后的;这样,谁都将孩子底母亲底三年快到的问题横放在心头上。秀才呢,因为爱子的关系,首先向他底大妻提出来了:他愿意再拿出一百元钱,将她永远买下来。可是他底大妻底回答是:

"你要买她,那先给我药死罢!"

秀才听到这句话,气的只向鼻孔放出气,许久没有说;以后,他反而做着笑脸的:

"你想想孩子没有娘……?"

老妇人也尖利地冷笑地说:

"我不好算是他底娘么?"

在孩子底母亲的心呢,却正矛盾着这两种的冲突了:一边,她底脑里老是有'三年'这两个字,三年是容易过去的,于是她底生活便变做在秀才底家里底用人似的了。而且想像中的春宝,也同眼前的秋宝一样活泼可爱,她既舍不得秋宝,怎么就能舍得掉春宝呢?可是另一边,她实在愿意永远在这新的家里住下去,她想,春宝的爸爸不是一个长寿的人,他底病一定是在三五年之内要将他带走到不可知的异国里去的,于是,她便要求她底第二个丈夫,将春宝也领过来,这样,春宝也在她底眼前。有时,她倦坐在房外的沿廊下,初夏的阳光,异常地能令人昏朦的起幻想,秋宝睡在她底怀里,含着她底乳,可是她觉得仿佛春宝同时也站在她底旁边,她伸出手去也想将春宝抱近来,她还要对他们兄弟两人说几句话,可是身边是空空的,在身边的较远的门口,却站着这位脸孔慈善而眼睛凶毒的老妇人,目光注视着她。这样,她也恍恍惚惚地敏悟:"还是早些脱离罢,她简直探子一样地监视着我了。"可是忽然怀内的孩子一叫,她却又什么也没有的只剩着眼前的事实来支配她了。

以后,秀才又将计划修改了一些,他想叫沈家婆来,叫她向秋宝底母亲底前夫去说,他愿否再拿进三十元——最多是五十元,将妻续典三年给秀才。秀才对他底大妻说:

"要是秋宝到五岁,是可以离开娘了。"

他底大妻正是手里捻着念佛珠,一边在念着'南无阿弥陀佛',一边答:

"她家里也还有前儿在,你也应放她和她底结发夫妇团聚一下罢。"

秀才低着头,断断续续地仍然这样说:

"你想想秋宝两岁就没有娘……?"

可是老妇人放下念佛珠说:

"我会养的,我会管理他的,你怕我谋害了他么?"

秀才一听到末一句话,就拔步走开了。老妇人仍在后面说:

"这个儿子是帮我生的,秋宝是我底;绝种虽然是绝了你家底种,可是我却仍然吃着你家底餐饭。你真被迷了,老昏了,一点也不会想了。你还有几年好活,却要拚命拉她在身边?双连牌位,我是不愿意坐的!"

老妇人似乎还有许多刻毒的锐利的话,可是秀才走远开听不见了。

在夏天,婴儿底头上生了一个疮,有时身体稍稍发些热,于是这位老妇人就到处的问菩萨,求佛药,给婴儿敷在疮上,或灌下肚里,婴儿的母亲觉得并不十分要紧,反而使这样小小的生命哭成一身的汗珠,她不愿意,或将吃了几口的药暗地里拿去倒掉了。于是这位老妇人就高声叹息,向秀才说:

"你看,她竟一点也不介意他底病,还说孩子是并不怎样瘦下去。爱在心里的是深的;专疼表面是假的。"

这样,妇人只有暗自挥泪,秀才也不说什么话了。

秋宝一周纪念的时候,这家是热闹的排了一天的酒筵,客人也到的三四十,有的送衣服,有的送面,有的送银制的狮猊,给婴儿挂在胸前的,有的送镀金的寿星老头儿,给孩子钉在帽上的,许多礼物,都在客人底袖子里带来了。他们祝愿着婴儿的飞皇腾达,赞颂着婴儿的长寿永生;主人底脸孔,竟是荣光照耀着,有如落日的云霞反映着在他底颊上似的。可是在这天。正当他们筵席将举行的黄昏时,来了一个客,从朦胧的雨光中向他们底天井走进,人们都注意他:一个憔悴异常的乡人,衣服补衲的,头发很长,在他底腋下,挟着一个纸包。主人骇异地迎上前去,问他是那里人,他口吃似的答了,主人一时糊涂的,但立刻明白了,就是那个皮贩。主人更轻轻地说:

"你为什么也送东西来呢?你真不必的呀?"

来客胆怯地向四周看看,一边答说:

要,要的……我来祝祝这个宝贝长寿干……

他似没有说完,一边将腋下的纸包打开来了,手指颤动的打开了两三重的纸,于是拿出四只铜制镀银的字,一方寸那么大,是'寿比南山'四字。秀才的大娘走来了,向他仔细一看,似乎不大高兴。秀才却将他招待到席上,客人们互相私语着。

两点钟的酒与肉,将人们弄得胡乱与狂热了:他们高声猜着拳,用大碗盛着酒互相比赛,闹的似乎房子都被震动了。只有那个皮贩,他虽然也喝了两杯酒,可是仍然坐着不动,客人们也不招呼他。等到兴尽了,于是各人草草地吃了一碗饭,互祝着好话,从两两三三的灯笼光影中,走散了。而皮贩,却吃到最后,用人来收拾羹碗了,他才离开了桌,走到廊下的黑暗处。在那里,他遇见了他底被典的妻。

"你也来做什么呢?"妇人问,语气是非常凄惨的。

"我那里又愿意来,因为没有法子。"

"那末你为什么来的这样晚?"

"我那里来买礼物的钱呀?!奔跑了一上午,哀求了一上午,又到城里买礼物,走得乏了,饿了,也迟了。"

妇人接着问:"春宝呢?"

男子沉吟了一息答:

"所以,我是为春宝来的。……"

"为春宝来的?"妇人惊异地回音似的问,

男人慢慢地说:

"从夏天来,春宝是瘦的异样了。到秋天,竟病起来了。我又那里有钱给他请医生吃药,所以现在,病是更厉害了!再不想法救救他,眼见得要死了!"静寂了一刻,继续说:"现在,我是向你来借钱的……"

这时妇人底胸膛内,简直似有四五只猫在抓她,咬她,咀嚼着她底心脏一样。她恨不得哭出来,但在人们个个向秋宝祝颂的日子,她又怎么好跟在人们底声音后面叫哭呢?她吞下她底眼泪,向她底丈夫说:

"我又那里有钱呢?我在这里,每月只给我两角钱的另用,我自己又那里要用什么,悉数补在孩子底身上了。现在,怎么好呢?"

他们一时没有话,以后,妇人又问:

"此刻有什么人照顾着春宝呢?"

"托了一个邻舍。今晚,我仍旧想回家,我就要走了。"

他一边说着,一边揩着泪。女的同时哽咽着说:

"你等一下罢,我向他去借借看。"

她就走开了。

三天以后的一天晚上,秀才忽然问这女人道:

"我给你的那只青玉戒指呢?"

"在那天夜里,给了他了,给了他拿去当了。"

"没有借你五块钱么?"秀才愤怒的。

妇人低着头停了一息答:

"五块钱怎么够呢!"

秀才接着叹息说:

"总是前夫和前儿好,无论我对你怎么样!本来我很想再留你两年的,现在,你还是到明春就走罢!"

女人简直连泪也没有的呆着了。

几天后,他还向她那么的说:

"那只戒指是宝贝,我给你是要你传给秋宝的,谁知你一下就拿去当了!幸得她不知道,要是知道了,有三个月好闹了!"

妇人是一天一天地黄瘦了。没有精采的光芒在她底眼睛里起来,而讥笑与冷骂的声音又充塞在她底耳内了。她是时常记念着她底春宝的病的,探听着有没有从她底本乡来的朋友,也探听着有没有向她底本乡去的便客,她很想得到一个关于'春宝的身体已复原'的消息,可是消息总没有;她也想借两元钱或买点糖果去,方便的客人又没有,她不时的抱着秋宝在门首过去一些的大路边,眼睛望着来和去的路。这种情形却很使秀才底大妻不舒服了,她时常对秀才说:

"她那里愿意在这里呢,她是极想早些飞回去的。"

有几夜,她抱着秋宝在睡梦中突然喊起来,秋宝也被吓醒,哭起来了。秀才就追逼地问:"你为什么?你为什么?"

可是女人拍着秋宝,口子哼哼的没有答。秀才继续说:

"梦着你底前儿死了么,那么地喊?连我都被你叫醒了。"

女人急忙地一边答:

"不,不,……好像我底前面有一圹坟呢!"

秀才没有再讲话,而悲哀的幻像更在女人底前面展现开来,她要走向这坟去。

冬末了,催离别的小鸟,已经到她底窗前不住地叫了。先是孩子断了奶,又叫道士们来给孩子渡了一个关,于是孩子和他亲生的母亲的别离——永远的别离的运命就被决定了。

这一天,黄妈先悄悄地向秀才的大妻说:

"叫一顶轿子送她去么?"

秀才的大妻还是手里捻着念佛珠说:

"走走好罢,到那边轿钱是那边付的,她又那里有钱呢,听说她底亲夫连饭也没得吃,她不必摆阔了。路也不算远,我也是曾经走过三四十里路的人,她底脚比我大,半天可以到了"。

这天早晨当她给秋宝穿衣服的时候,她底泪如溪水那么地流下,孩子向她叫,"婶婶,婶婶,"——因为老妇人要他叫她自己是"妈妈",只准叫她是'婶婶'——她向他咽咽地答应。她很想对他说几句话,意思是:

"别了,我底亲爱的儿子呀!你底妈妈待你是好的,你将来也好好地待还她罢,永远不要再记念我了!"

可是她无论怎样也说不出。她也知道一周半的孩子是不会了解的。秀才悄悄地走向她,从她背后的腋下伸进手来,在他底手内是十枚双毫角子,一边轻轻说:"拿去罢,这两块钱。"

妇人扣好孩子底纽扣,就将角子塞在怀内的衣袋里。

老妇人又进来了,注意着秀才走出去的背后,又向妇人说:

"秋宝给我抱去罢,免得你走时他哭。"

妇人不做声响,可是秋宝总不愿意,用手不住地拍在老妇人底脸上。于是老妇人生气地又说:

"那末你同他去吃早饭去罢,吃了早饭交给我。"

黄妈拼命地劝她多吃饭,一边说:

"半月来你就这样了,你真比来的时候还瘦了。你没有去照照镜子。今天,吃一碗下去罢,你还要走三十里路呢。"

她只不关紧要地说了一句:

"你对我真好!"

但是太阳是升的非常高了,一个很好的天气,秋宝还是不肯离开他底母亲,老妇人便狠狠地将他从她底怀里夺去,秋宝用小小的脚踢在老妇人底肚子上,用小小的拳头搔住她底头发,高声呼喊地。妇人在后面说:

"让我吃了中饭去罢。"

老妇人却转过头,汹汹地答:

"赶快打起你底包袱去罢,早晚总有一次的!"

孩子底哭声便在她底耳内渐渐远去了。

打包裹的时候,耳内是听着孩子的哭声。黄妈在旁边,一边劝慰着她,一边却看她打进什么去。终于,她挟着一只旧的包裹走了。

她离开他底大门时,听见她底秋宝的哭声;可是慢慢地远远地走了三里路了,还听见她底秋宝的哭声。

暖和的太阳所照耀的路,在她底面前竟和天一样无穷止地长。当她走到一条河边的时候,她很想停止她底那么无力的脚步,向明澈可以照见她自己底身子的水底跳下去了。但在水边坐了一回之后,她还得依前去的方向,移动她自己底影子。

太阳已经过午了,一个村里的一个年老的乡人告诉她,路还有十五里。于是她向那个老人说:

"伯伯,请你代我就近叫一顶轿子罢,我是走不回去了!"

"你是有病的么?"老人问。

"是的,"她那时坐在村口的凉亭里面。

"你从那里来?"

妇人静默了一时答:

"我是向那里去的;早晨我以为自己会走的。"

老人怜悯地也没有多说话,就给她找了两位轿夫,一顶没篷的轿。因为那是下秧的时节。

下午三四时的样子,一条狭榨而污秽的乡村小街上,抬过了一顶没篷的轿子,轿里躺着一个脸色枯萎如同一张干瘪的黄菜叶那么的中年妇人,两眼朦胧地颓唐地闭着。嘴里的呼吸只有微弱的吐出。街上的人们个个睁着惊异的目光,怜悯地凝视着过去。一群孩子们,争噪地跟在轿后,好像一件奇异的事情落到这沉寂的小村镇里来了。

春宝也是跟在轿后的孩子们中底一个,他还在似赶猪那么地哗着轿走,可是当轿子一转一个弯,却是向他底家里去的路,他却伸直了两手而奇怪了,等到轿子到了他家里的门口,他简直呆似地远远地站在前面,背靠在一株柱子上面向着轿,其余的孩子们胆怯地围在轿的两边。妇人走出来了,她昏迷的眼睛还认不清站在前面的,穿着褴褛的衣服,头发蓬乱的,身子和三年前一样的短小,那个八岁的孩子是她底春宝。突然,她哭出来的高叫了:

"春宝呀!"

一群孩子们,个个无意地吃了一惊,而春宝简直吓的躲进屋里,他父亲那里去了。

妇人在灰暗的屋内坐了许久许久,她和她底丈夫都没有一句话。夜色降落了,他下垂的头昂起来,向她说:

"烧饭吃罢!"

妇人就不得已地站起来,向屋角上旋转了一周,一点也没有气力地对她丈夫说：

"米缸内是空空的。……"

男人冷笑了一声,答说：

"你真在大人家底家里生活过了！米,盛在那只香烟盒子内。"

当天晚上,男子向他底儿子说：

"春宝,跟你底娘去睡！"

而春宝却靠在灶边哭起来了。他底母亲走近他,一边叫：

"春宝,宝宝！"

可是当她底手去抚摸他底时候,他又闪避开了。男子加上说：

"会生疏的那么快,一顿打呢！"

她眼睁睁地睡在一张龌龊的狭板床上,春宝陌生似地睡在她底身边。在她底已经麻木的脑内,仿佛秋宝肥白可爱地在她身边挣动着,她伸出两手想去抱,可是身边是春宝。这时,春宝睡着了,转了一个身,他底母亲紧紧地将他抱住,而孩子却从鼾声的微弱中,脸伏在她底胸膛上,两手抚摩着她底两乳。

沉静而寒冷的死一般的长夜,似无限地拖延着,拖延着……

一九三〇,一,二十。

两 个 朋 友

太阳如蛋黄一般地沉下地球的西边,五月的夏底傍晚的空间,有着一层薄薄的黄沙的烟雾。嫩绿的枝头摇拽着薄长的愉悦的苗叶,新秧也在水田中,起浪地轻飘着乡村底梦幻的气味了。

可是夜将来了;——而比夜先来的是落日时底稀纱般的黄昏的网。

农夫们荷着锄,疲乏地,带着他们底无感的脚步,三三,两两,走向他们底家——他们底主人底家。他们都是赤着脚,短布裤,破旧的补衲的小衫是不扣的穿在他们底背上,汗湿透了他们底小衫,风微微吹着它们底大襟。他们底脸色是和平的,自然的,虽则倦怠的光芒在他们底眼中闪烁,而在他们底唇边仍有怡适的笑痕。他们向着落日走,似要追上落日,找回他们底白昼与光明,找回他们底工作,因为时间底黑影一步步在他们底身后追赶,同天上的一二片的有色彩的云霞,一齐飘去。

这时,有一个青年,和他们两样的人,穿着褐黄色的夹长衫,黑的长统皮鞋——在这上面染了厚厚的一层泥灰,在鞋头与皱缝里还有泥块,走过远路的,他底比较有劲而迅速的脚步,追上了农夫们,他们奇异地向他注目,有的一听到足音就回过头来,凝视他,看他在他们底身边走过,望着他前去。他,似要追完农民的队伍似

的,可是他们的队伍非常长,整个世界,似乎都排着他们的队伍。这时,有的在他底后面说:

"什么客？做什么的呢？"

"像一个读书人呀。"

"不像,脸孔这么黑。"一个十七八岁的农夫说。

"像的,斯文样哪。"另一个说。

"卖药粉的外科先生也装着斯文样的。"

"是的,小伍倒聪明,他手里也提着一只皮包的啊。"说话的农夫息一息,"打听着他罢,我或者可给妈底手肿买点药。"

接着,他们就问起他母亲底手肿了。答是刺戳伤的,下了水,就肿起来了,因为没有钱,也就没有药,只好任它天天肿,现在已肿到手臂了。

这时青年在前面走到了一所凉亭。亭里面坐着几个农夫,谈着天。一所酒摊前,站着两个年轻的身体强壮的农夫,喝着酒,口里嚼着花生糖。青年走向他们底前面,一边从衣袋内取出一只表,一看,长短针成直线的,正六点,一边他就向卖酒的老头子问;

"古渡镇就在前面么?"

老头子向他端详了一下,答,

"是的。"

"镇里也有旅馆么?"

老头子一时含糊着,嚼着花生糖的青年农夫就插进问道:

"先生要找什么饭店么?"

他转过头,急忙答:

"是的,是的。"

"有,"他迟疑了一下,"聚兴饭店",又迟疑了一下,"可是很脏的,给远路来的抬轿的客住住的。"

"只有就好了,"他微笑地向青年农夫表示了谢意,仍挟着皮包,走出凉亭了。这个眼里有酒意,眉毛浓浓的青年农夫,在他底后面咕噜地说道:

"他也不问饭店在那里,要走完古渡街的。没有告诉他,他会转弯吗?虽则转一弯,就可望见挂着小招牌的聚兴饭店的。"

而他却早到了聚兴饭店了。

店主带着几分吃惊的脸色迎接他进去,房子黑黑的,比要来的夜还黑。吊尘一条条的从头上挂下来。他留心着各处:五六个轿夫围在天井里睹博,喧闹的,似在睹着他们底生命一样;屋檐下放着一顶破旧的轿架,一个老太婆坐在轿椅上磕睡,鼾声呼呼的;天井旁边有一株石榴树,可是在朦胧的黄昏中,看不清楚它开着几朵花。店主带领他走过老太婆底身边,送他到深里面的一间房内去。这时轿夫群中的一个,探出头向店主喊:

"老主,把盏灯来。"

店主偻着背,没有正式向要求者答覆,口里呢喃地自语:

"瞎子也会睹博的,要灯做什么。"

店主将他送进一个山洞似的房子内,漆暗,潮湿,而且有一缕缕的灰尘的气息。一息,店主人拿灯来,照着满房的黝黯的幻影在闪烁。他打开皮包,取出一盒香烟,燃着吸起来。他似毫无新觉感,新兴趣,只鼻孔里喷出白烟。店主重又回到他底房内,提着一桶水,将抹布浸在水里,向桌上揩,但揩的桌上一缕缕的比未抹前还脏。他又向角木橱,床边,都揩了;一边问:

"先生要吃点什么菜呢?"

"先让我洗一洗脚罢。"

店主人答应着走去了。

他一边洗着脚,一边向他底皮包内找寻东西,他是找他底袜的,可是先被他找到的是一本中学时代的同学录,在封面上直印着他底中学校的校名,旁边注着'一九一九年'字样。他就翻开来,趁着晦暗的火油灯光,从第一页看下去。他并不看同学的各个姓名,却先找姓名的下列的地址。在第四页,他看见"维县,古渡镇,利生杂货店转"这样的一行,他迅速再往上看,姓名是"孙成仁。"他突然微笑了。这岂不是他同班的同学么?这岂不是他十年前的朋友么?虽则这人在三年级的中途辍了业,但在这三年里面他岂不是和他有过不少的故事么?同过自修室,也同过寝室,吵过架,也拥抱过身子的。一个身子瘦小的少年,脸孔白的和涂过粉一样,活泼的简直终日只是跳,喜欢同别人胡缠,也喜欢辩驳别人的底语,在别人还睡着的早晨,他喜欢捣乱地去掀翻别人底被头,当别人将坐下椅子的时候,他喜欢偷偷地用小石子塞在别人底垫上。他也曾上过他底当——他两脚浸在水里,又燃上了一支卷烟,呆呆地回想:一回,中餐的时候,他不知从那里捉来一只大蚱蜢,藏在他底饭碗内,代他盛好了饭,放在他底席次面前。他因为到的迟些,急忙地捧起饭碗来就吃,谁知吃不到三口,蚱蜢突然从饭碗里跳出来,跳到他底脸上,又跳到菜蔬上,饭如水花一般四溅的,他吓的叫起来,饭碗几乎从手里落到地上。同学们个个哄笑,笑到他们底背都伸不直——这是一次。又一次,夜课的时候,他因疲卷靠在书桌上睡去了,孙成仁又偷偷地用白粉和红墨水,给他底脸上画成小丑似的花脸。教师来了,他被教师叫醒,这个教师含笑地摇摇头,用手指捺捺他底脸颊,同室的同学们,一边高声读着书,一边听在肚子里笑。教师去了,他们简直狂乱地围住他大笑。他一边烦恼,一边忧怕;在第二天早晨的校长揭示处里,悬着因他在上夜课时睡觉的罪名,记一小过的牌。教师底意思,以为他若不睡觉,孙成仁决无从画他底脸,所以对孙成仁毫不追究。总之,那时的孙成仁,是教师们所钟爱,同学们所勾结,在学校里,简直如有翼翅膀会飞的人一样。从那一次以后,他避开着他了,虽然他却几次向他说抱歉,求宽恕。

"先生,快洗好脚罢?"

"是啊,"他有些颓伤地答,又问,"这里也有利生杂货店的么?"

"有的,"店主极随便地回他。

"那末请你赶快开饭罢!"他说。

一边他急忙地揩他自己底两脚。

五月的晚凉,俗语叫做种田寒,使他稍稍地在街路上感到战慄。清冷的乡村的街,往来的行人很稀少,虽则在一二家洋货店底洋灯底白罩底下,聚着几个男子和小孩,瞧着玻璃柜内的蜜腊做的水凫,不倒翁,和画着裸体女子的香烟盒子;但此外,许多家,灯光的晦暗,就简直照不清楚它们里面是卖点什么东西了。有的,还半掩起门来,好像收市的样子。他一边走,一边认过去:猪肉店,药店,兼卖银锭和雨伞的纸店,这样,他看见他底利生杂货店了。他一时站在街心,望着店内的各种陈设:橱上有布疋,玻璃瓶内有糖食,搁棚下挂着铅丝,——在这些货物底包围中间,跕在一个似乎中年以上的男子,他手里抱着孩子,正在摇着哭过的哽咽着的孩子。男子底身体好似钟摆一样地在荡着,他一时认不清这个男子底脸孔,他走上前去想向他一问孙成仁底住址,可是被呆住了。店内的男子也回过头来,似乎奇异地要问他买什么,可是也没有说出话。

"你就是孙成仁先生么?"

"是……呀,你……"

男子吃惊地走向前,他即刻回答:

"文彬,我是。"

"文彬兄!"他喊叫起来,声音很重的。接着又稍轻,"你怎么会到此?"

"我是路过这里……"

而那个男子急忙说:

"请进来,请进来,"一边又问他为什么到的这么晚,有无带轿夫来。他就简要地将原因与情形说了。

"聚兴饭店?那里好住呢!简直你今夜脱落的衣服,明天就会不见了的。搬过来,搬过来。"

他坚执推辞着,说是明天就要走的,不方便。

这男子将手里的孩子交给他身边的一个小学生,就请他进里面去坐,店底里面是他底住家。他们穿过一条门,就是天井,天井里漆黑的,什么也看不见。他就被孙成仁领到一间客房,点着一盏洋灯,桌上堆着帐簿和几本孩子底教科书,橱子上放着时钟,这时已八点过半了,壁上挂着山水图画。这时主人说:

"今夜就请在这里担搁,肮脏的很,你若早信来,我当扫榻以待。"

一边,他们就略略地问起十年来的情形。首先谈的是这利生杂货店,主人说:这本是他底伯父开的,因伯父亡故,无子,所以他继承着,就是他在中学读到三年级那时,他底伯父死的,因为必须管理着这店和家务,所以辍学了。转瞬十年,情形并不见佳,一则因世乱年荒,生意难做,二则,家里人多,开支浩大。主人说到这里,几乎颦起眉来说:"我几乎隔一年养一个孩子,我今年还不到三十,已经有六个孩子了,虽则中间两个死去,眼前还有四个,三男一女,他们开眼就叫吃,嘴是铁做的。且弟弟又在去年结婚,我又不好因他务农而慢待他,送礼接客,用去半千元以上。"他接下去说,这样,情形也就更窘。

这时,就见一个年近二十岁的身体强壮的农夫,送进点心来,点心是桂花元宵。主人却向他介绍说:

"这就是我底弟弟。"同时又向他底弟弟说:"这位是文彬先生,我十年前的同窗好友。"

年青的农夫,却微笑的爽直的点头说:

"我见过了。"

主人立刻竖起眉,站起来:

"你总处处夸大,现在竟夸大到连影子也没有的事上来了:他从没有到过我家,你又并未到过外边一次,怎么曾见过文彬先生?"

他底弟弟呆呆地答:

"三点钟以前,他在凉亭里问着这里有没有旅馆,是我告诉他聚兴饭店的。假如我早知道是哥哥的朋友,还说什么别的话,早拉到家里来了。"停了一忽,又说:"他们还疑心是外科医生,方才小伍还到店里来问:究竟是不是外科医生呢?"

主人却似笑非笑,似怒非怒地喝:

"不要说了,小伍,小伍,是你底好友,"同时脸转向他:"穷到连裤子也没有,还要喊'打倒资本家'的光棍孩子。"

第二天上午八九点钟的时候,他站在聚兴饭店的门口——这时七八个轿夫都已走了,店内是留得凄凉,只有雄鸡的啼叫声和雌鸡的拍翼声,在天井的石榴树下打破着这肃静的沉寂,他决不定对于这个老友的招请作一个允诺还是抗拒。在昨夜从他底家里回来之后,他感到他和这个契阔十年的朋友,已经生疏而隔膜到说不出了,而且他底老去之如此迅速;更使他见到有无限的难受,虽则,他自己还没有一个孩子,并且也还没有妻,终究,年华底过去,他底朋友竟如一面镜子,放在他底前面,使他照见他自己底如斯的形容。十年前,他们不是一样的年龄么?在体操的时候,两人不是排在同一列的么?现在,却在他朋友底额上竟有苍褐的皱纹,而一种暮色的光芒,竟不时地在他讲话时,从他底两眼中瞬闪出。虽然,他自己是经过了艰难,也经过了风波,终年不倦地在旅路上奔跑,但他却还认他自己是青年,而未来的希望的火焰,他还想如灯蛾那般地去换求;因此,他很不想在这个朋友底家里作几天客,而使他也在他自己底头上寻出白发来。

　　这样,他一边吸着烟,一边稍稍伤感地踌蹰着。这正是孤身的旅客,在异地的风霜与野店中所尝着的凄凉的滋味。

　　这家饭店的对面,是剃头铺子,这时,他看见一二个头发蓬松的男子走进去。可是一息,就剃的头皮精光的走出来了,接着又有一二个进去,接着却又走出来。他看去:他们底头发好似黑色的毡帽一样,到里面一脱就出来了。他骇异着,同时讨厌着,就回转身,到他自己底房内来。他觉得他身体有几分疲倦,极需要休息了。

　　当他刚斜卧下他底床上,店主人领着一个男子进来了,还又似另一个男子;穿着旧式的小袖口的绸的马褂和夹衫,作客的乡人似的,头上戴着一顶呢帽,态度恭恭敬敬的。这简直使他吃了一惊,可是在硬挺的绸领口上的脸孔,还是昨夜的他底朋友底脸孔,孙成仁的脸孔,虽然是剃过胡须了,却也并不见得年青。这时的客人说:声音似乎做的更斯文,有礼貌。

　　"请到敝舍去小住几天。"

　　他一时简直不知所答,似乎眼前的朋友,竟和他开玩笑,侮弄他一样。可是这时的客人继续说:语气似有些悲伤而哀求了。

"十年不见,真是如隔三世,我对于自己底生活,也觉到毫无兴趣,以前在学校时的理想,志气,现在早已先我而葬在墓中了。我很想自己做一所生圹,明年三十岁,还想做好寿棺了。弟弟又常和我拗执,我真想找一个朋友谈谈,你是我童年底知己,你更是博学多能的人,忽然会从天降临,真使我无上地快乐。"

这样,他很难推辞了。他就决定,做出非常愉快而活泼的样子:

"好的,也正是我底需要,朋友,就到你府上去玩两天罢。"

但是他底朋友底家能给他什么呢?休息么?心境底安全与愉快么?

不能!他还是和住在旅馆里一样,而且比旅馆还多几种的刺激。他一时在房内坐,一时又在廊下徘徊,这全个家,似乎对他是一个异国,从未闻到过的异国。他底朋友似乎非常忙碌,一息走进他底房内,一息又走到店外去,一息高声地向他底家人们叫:"弄点麦给鸡吃吃罢,鸡饿到飞上屋顶去了!"接着又向他说:"鸡肉是谁也会吃的,喂鸡就谁也忘记了,他们对于鸡鸭,最希望不要喂而它们自己会肥大起来。"

可是一息,又在店柜上和买主争论了:"不够不够,相差的很远;没有钱就不要买去;喏,买买少一些,或者那种坏一些的,倒也并不坏,你就买那一种罢。"一息,又走向他面前说:"老兄,我们到夜里,对酒而侃谈罢。家里是什么都要我管,没有我,就什么都不成,有时连扫帚跌在地里,都要有我底命令才会有人拾起的。"

这时文彬说:

"你尽管做你底事情去好了,给我独自休息休息,是很好的。"

他知道女人们是对他回避着,假如他站在天井里望天,她们就不敢穿过天井去汲水了。他是有几分浪漫的脾气的,喜欢随便的站到别人底窗外去看,可是妇人们一见窗外有他底脸孔时,非但立刻停止了笑声,就连身子都不知逃向何处去了。只有孩子们有时来站在他底前面,对他呆看。他们有的穿着新衣服,有的赤着脚,有的伸直着两手,有的将手指含在口内。他知道其中有的是他底朋友底儿女——当然,还有邻舍的孩子,是他底□□□招引来看生客的。于是,他想找住一两个问问,可是他前进一步,他们后退一步。他蹲下去,用手招着他们说:"小弟弟,走来罢!"而他们却互相自己顾看,似乎互相疑问地说:"这先生说着什么话呢?"等他第二次,第三次叫他们的时候,似乎还是互相的推让说:"你先去罢,看他有什么给你呢。"终究,在这天的下午,他没有捉住过一个人,来消遣了他底无聊的生疏的时间。

夏天底落日是迟缓的。五点钟,这个主人底可爱的弟弟就从田野里回来了。主人问他:虽则口气是并不责备的。

"你为什么回来的这样早?"

他并不向他哥哥回答,就自己微笑着提了脚桶洗他底脚。他底哥哥又低下头自语地说:

"'忙种'的时节,应当多做几时的,否则为什么叫做'忙种'呢?"

可是他底弟弟还是不答,将脚洗好了,走到他底窗边,微笑地向他问:

"先生,你有到附近去玩玩过么?"

"没有,休息了半天。"

主人底弟弟就向他房内跨进了。文彬继续问:

"附近也有可玩的地方么?"

"有,"他慢慢地说:"有一所红庙,里面住着一个出奇漂亮的尼姑。"

"离这里不远么?"

"只两里路。"

"向那里走呢?"

"先生愿意此刻就去么?我可以领你去,回来吃饭。"

"那最好也没有了,就走罢。"

当他们走到店门口的时候,主人向他们问:

"快晚了,还到那里去呢?"

少年农夫立刻答:

"我陪先生到红庙去走一趟。"

主人就默然思索地。距离几乎使他底话听不到了,他仍说:

"就回来罢,文彬兄!我底弟弟是没有头脑的,要将你乱领的。"

当天晚上,文彬和主人相对坐在房内的时候——这时主人又似要向他报告家内底琐屑的状况,并问他:"你呢?你家里怎么样?在你底家里是封锁着平安与顺利的罢?"他稍稍地答了几句,就躲避开了这种资料的谈锋,转向他问:

"你底弟弟呢?"

"不知道他到那里去了,他每天晚上总是出去的。他是什么也不懂的人,世故,人情。"

"不,他是极天真的人,他也勇敢和义侠,我已经知道他了。"

主人静默了一时,说:

"你那里会知道,他不过是一个胡说胡为的农夫罢了。家内对于他,没有一个是对的,无论我,还是他底妻。五六年前,他常对我嚷,他要到外边读书,我以为他天资是低的,读书也读不出什么好处,我岂不是也读过书的么?禀赋比他高,结果也还落得是个管店的。所以我劝他务农。在我想：我们自己也有几亩田，雇人种是拿不回成本的；我呢，管理着这店铺，经济可以活动些。这样，内外有人，我想可以将家道弄的兴隆一些。以前在学校读书的时候，是有种种的痴想的，爱国，救世，为社会做事业，因为那时是孩子，你我都是一样的，仿佛人是不吃饭可以活的，而且自己底年龄不会老去，儿女也永不会有的那般。有时还想做英雄，或发明一种什么科学上的不朽事业，虽则这志向是好的，可总是带着幼稚的气味，所谓□想，夸大。人生底实情，那时那里会明瞭呢？自从伯父一死，我当起家来，于是渐渐地明瞭起这社会底真正的组织了。同时感到，金钱是万能的了。虽则也可说是万恶，但善恶是人生底两面，善永远要有，恶也永远存在着的。没有钱，无论在一个人或一国，就什么都不能办，世界又那里会像一个世界呢？这些，你现在当然也感觉到的，不过我底弟弟，却不知道入了什么教，时常骂起我来了：骂我是小资本家，说他自己是穷的农民，什么也没有的。今天他回来的这么早，原是要领你去玩，那也好的。可是有时，我叫他多做些，他向我似怒非怒，似笑非笑的说：'你要我一天做十四点钟工么？'他是会做事的，可是总要偷懒。现在，他更喝起酒来了，我知道他在每天回家的路上，要在那个凉亭喝一杯酒的。我也随他，因为所费有限，别的钱，他也化不了什么。但最惹我生气的，是任凭秧怎样长，田怎样干燥，他从不肯做夜工，而且偏要坐在房内，红红地点起灯，有意和我拗执，读起小学教科书来：一个犹太商人，他向一个老太婆买鸡蛋……呀，你看可笑不可笑呢？'

静寂了一息，似乎补足他底思想般说道：

"光阴是如此迅速地过去，我们是如此容易地老了，后辈呢，我们一天一天地与他们生疏；他们还不瞭解做人底意义，他们还是渺茫地探求着南风中的梦。呀，文彬兄，你为什么不说话呢？你还不以为人底一生,只不过要求点快乐,在我们是食饱衣暖,妻子在傍,如此而已?"

文彬却沉思地向黑暗的窗外瞟了一眼,轻轻地说:

"你底人生观我知道了。"

"人生观?"主人急忙接下问。又说:"你用的还是十年以前的字眼。"

"成仁兄,你为什么这样伤感?就是我,样样失败了的人,还不及你那么悲观。"

"你?悲观?"一种衰弱的微笑,溜过主人底口边。"哈,这还不是因为你和我的地位不同,情形两样么?你是家有父兄,衣食无虑的人。"

"呀,朋友,我也不会如你所想那么好的。不过不要说下去了。时候不早,明天我想到枫山的老僧寺去玩,给我早些睡罢。"

"到枫山的老僧寺去玩?这又是弟弟告诉你的罢?"

"是的,他还说领我去,带他底鸟枪同去。可是我因为他有事,没有答应。"

"这又有什么好玩呀!既不是泰山,又没有西湖,只不过一座荒山,山中有一个古寺,寺里听说有一位老僧,已经有一百九十八岁了。我也没有见过,因为来去有三十里的路,他们是一年一年地将他加上岁数的,说是乾乾游江南,他在杭州亲见看见过的。他们将他底房关的漆黑的,说他是一天到晚睡着念佛的,你又不能看见他,何苦去,白走了一天路。"

"我想去,"这个客人说,不过既看不见人,你们为什么都相信有这个人呢?而且还相信他活着呢?"

"呵,"主人想了一想"这是因为什么时候有几个客人到他那里去,他都知道的,他先吩咐侍奉他的两个小和尚,先给你泡好茶,等在那里,你有几个人去,恰恰是几盏茶的。"

这时文彬笑了。

"你不是说寺在半山么?那只要一枚望远镜,有几个人向山上走,早早可以看见的。"

——"是呀,所以我叫你不要去,我们受过教育的人,是骗不了的。"

而文彬却用了"我还是去玩一趟,"这一句话来代替"那末你为什么叫你底弟弟不必读书呢?"同时,他微笑着。

第二天,整个的时日,就消磨在昨晚所计议的游历底课程中。

在当晚,主人似请客的模样,将许多丰盛的肴馔放在客人底面前。酒的霞光已经涨上了各人底脸颊,主人眯一眯他底充血的眼,向对面的朋友问道:

"你说你今天的游山是很有趣的么?"

"非常的有趣。"

主人摇一摇头,说:

"在我,不知道为什么缘故,觉得什么也没有兴趣了!跑半天的路,爬半天的山,唉,简直对我是苦役。"

"这是家庭牵累你了,家庭是犁厄,可以使人背死的。"

"家庭是——"主人说了三字,一边拿起筷,慢慢地拑着一只鸡翼膀,放在口里边吃着。他底对面的朋友,却突然着火似的向他注视:十年前的老友,一个多血质的活泼的少年底面貌,他很想去找出来,来比一比在他眼前的这个已如此枯槁的朋友的脸,但他却找他不到了!甚至连前天傍晚他所描写于他的形容,他这时也恍恍惚惚地丢开了,如一朵灰色的云一般,向缥缥渺渺的天边隐没去了。总之,他好像在梦中遇见过他,这个梦,又是非常地浮动,黑

暗,他感到怕惧了！这时,他慢慢地垂下头去,好像泪要向他底眼中冲上,但对面的吃完了鸡翼的朋友,忽然向他叫道:

"吃呀,文彬！你已醉了么？"

"没有。"

"那末你为什么坐着不动呢？再饮三杯罢,我也陪饮一杯。"

客人却毫不推辞地将主人给他酌上的一满杯酒,一口喝干了。第二杯又满酌着。

一点钟以后,两人坐在客室内——在桌上是放着茶与卷烟。这时客人带着一点酒的刺激说道:

"老友,我不知怎样,我总想劝你对你弟弟底生活与以放任；无论如何,你不干涉他才好。"

"我弟弟底生活？"主人问。"我弟弟底生活是什么呢？一个农人的生活么？"

"我所说的不指此,我是指农务以外的工作。"

"务农以外的工作？"主人焦急的样子,"他除了种田以外是一点也不肯做别的事的呀？他能做,我当更欢迎,可是他连挑一担水的事也不肯做呀？"

客人接着说:

"不,他另外的事是有信仰的。"

"你说他有信仰么？信仰什么？"

年青些的青年略停一停。

"所以,你是不会明白的。你底世界已经老了,就要完了。我呢,我还没有将自己底四围筑了高墙,但我也在对着落日的途中走,我底这十年来的生活,也是水底的云霞底反映,我若以后不自己努力,我底生命也将倏忽就过去了。"

"你还是那么唱空调,"他一边冷笑似的喝了一口茶,"你还是和十年前一样,带着满身的英雄气味。"同时,他底两眼向着他,带着一种无力而又尖锐的光芒。"老友,那你这十年来的生活是怎样呢?详细地谈谈罢。"

"好的,"他同时去拿了一支烟,"趁在这离别的前一夕。此后何日我们再相见,恐怕只有天知道了!"

一边,他点起那支卷烟。

"我么?你知道,本来是一个兴奋的人,可是生活将自己弄得更兴奋。一处地方对于我,从没有安定过,我也有好旅行的个性,因此,这十年来,我跑了不少的省,县,州,村。我在三年之内,会教了八处的学校的,南到北,足足相隔了几千里路,海上的半个月的船,呀,从现在想起来,我简直坐了飞机在那里转一样。朋友,你觉得奇怪么?"

对方的朋友点点头,梦着一样。烟卷在他底手内空燃。

"谁将我底生活造成这样的呢?哈,我要笑了,不过我底笑是含着泪的。简单说罢,一个女人,一个极美丽的我底魂,她将我带走,她用了一条'爱'做成的链,无形地锁着我底项颈,因此,她到那里,我也到那里了。她底父亲是军阀,他是到处有家的,天津,上海,香港,他带着他底最爱的女儿在身边随着他走,我却也无形地随她牵了。她到了那里以后,只要一个电报给我,说是已暗暗地代我设法好生活,我没有不在三天内,就动身去的。假如三天内不能动身,暴风雨是可以阻止我们许久不见面的,那我们就要用电报通信了。"

"用电报通信?"主人大声的问,几乎要站起来的样子。

"你觉得奇怪吗?"

"闻所未闻,见所未见。"一边,故作泰然的样子,仍坐下去。

"那末,"继续说话的人微笑着。"我三天以后,拍给你一封罢。不过我不能在里面多说话,当然因为钱的关系,那时呢,那女子给我的,简直在最后,'亲爱的,再会;亲爱的,再会,'会重复的写上去的。"

"怎么呀?"主人又惊愕地,"你怎么会认识这样的一个女子呀?"

"这不必问了,生命是偶然的,人底生活也是偶然的。我和她,不过是在一个友人那里,同吃一顿饭——她那时是刚从中学毕了业,怀着理想的。——而幼稚的爱神,竟将他底箭,射错我了。第二天,她就给我一封感情热烈的信,我还在'写回信好呢,还是不写好?'这样踌躇着的时候,她底第二封信又来了。"同时他走向他底皮包,在里面开出一只金的戒指,他底朋友就立刻站起来,向它看:一只平常的戒指,一边有一颗心,心里篆着两个字。他继续说:"在第二封信内,她充满着革命的思想,她说,她要对她底家庭革命,向她底爱父倒戈。她求我帮助,作思想上的指导,因此,我写了回信了。"他稍稍歇了一歇。"那第二封信,在我底身边藏了七年,去年,听说她死了!"

"她死了?"主人立刻睁大了眼睛,问。

"你以为人是不死的吗?"

主人摇摇头,同时又问:

"她和你恋爱几年呢?"

"五年,可是不算恋爱,她说的。"

"不算恋爱?这戒指不是订婚的么?"这时的戒指是在主人底手里。

"听我再说罢。我和她认识的第三年,她给了我这戒指,我在向她接吻的时候,我认定我们底生命之丝当织在一块了。我匆匆和她离别,回转故乡,筹备了到外国去的旅费。于是我就给她一个电报,叫她赶紧来上海,——她那时在天津,我们同逃到外国去。可是我在上海等了半个月,没有收到她底回电,我几急死了。却忽然,收到一个人送来的一封信,是她写的,大意是因为她底父亲军事失利,她不忍再给他一个刺激,她底父亲底失掉她,或者会比失掉一万个兵士更伤心,她不能走。但在我却恨极了,当时想:"悲怜这样杀人的军阀的女子,我还爱她么?"我很想将一切旅费化掉之后,卖去她给我的戒指,不知怎样,当时却没有那个勇气,当然,因为她太聪明美丽了。"

房内沉寂了一息。在他手内的烟卷早已燃完,他又点着了一支,吸了几口。

"此后,我们并不是就是退潮的关系,我们底互相的秘密,被她底父亲知道了,我呢,简直做过她父亲打靶的靶子,但是我仍然活着,而他却忽然死了。"

"这样,你们不是从此可以结婚么?"主人又惊奇似的问。

"人底心是变化莫测的,你要知道,尤其是女人底心。她不再爱我了,在她给我的最后的信上说;她五年来之爱我,是因'敬'而爱的,终她底一生,她'敬'爱我。但这是假话,总之,她不再爱我了。"

"另爱上了人么?"

"我不知道,可是我从这次的失恋以后,就漫游着各地的山水,因为我底心已如流浪的彗星,无规的飘动着了。"

"唉!"主人叹息起来,高声的。

"不必叹息了,老友,我那时还没有卖去这只戒指,现在送给你罢。"

"什么呀?将戒指送给我?"

"是的,横是她又死了,不妨碍。这就算作我和你这次相见的纪念罢。"

主人苦苦地微笑着,一时,说:

"你底生活真浪漫呀!简直和我相反——我是十年来,坐在这里没有移动过一步呢!"

"所以,我说,你底生活是死了。你以前,在学校里,岂不是也闹过小乱子的么?那在五四运动以后,你用白话写信给你底伯父,你在开首的第一行,还不写伯父,是写某某先生,在先生二字下,又并列的点了两点并一直;那时你底伯父回信大骂,说是看了几乎昏去,——莫非你忘记了么?我记得,几个月以后,你底伯父来校,先看见你座位边的卡片,你只印着两字,又是横写的,从左至右,引得你伯父问:'仁成是什么哩?'你说不出地答:'是我底名字。'当时你伯父脸孔变色,极轻地说:'你是孙成仁呀?'你又答,'我废姓了。'这些事,这些乱子,莫非你完全忘记去了么?"

主人也非常颓伤的样子,垂下头,眼睛还看见戒指,说:

"想起就记得的,可是谁愿意想起呢!想也要功夫的,功夫是值钱的;我们那时,正是孩子,大家胡乱地做一场,什么也不管的,正似现在的弟弟底年代。"

"不过这'正似现在的弟弟底年代'是宝贵的年代;是青春,是快乐,是有意义。现在我们,留得什么呢?你有四个子,我却连妻也没有。你底弟弟,是正在青春,他有秘密着的极有意义的工作,他也要闹乱子,他底乱子是比我们底更有意义,更有重大的价值;虽然他还并不十分认清楚,可是在他今天的与我谈话的一切语句中,他和我们是各一个时代的人了,我们底时代是死去了,他底时代将起来。我从他底发问的话中,感到无限的凄凉与悲哀,因此,我在晚上喝了这许多酒。此刻,我觉得自己是勇敢的,我还要追求,你呢,你是要造墓坟的人了!"

他底语气异常地冷酷,主人摇摇头,说:

"我不懂你底的意思,弟弟会干些什么事业呢?"

"请看将来你底弟弟罢。我说了过多的话了,明天我要走路,此刻想睡了。不过最紧要的一句话,是你不要束缚你底弟弟,任他冲向新的世界去。"

主人抬起头伸向窗外望了一望,觉得窗外是一阵的寒风。他打了一个寒颤,缩回头来,默然无语。

两人沉寂着,似乎深深地感到各人底悲哀。

一九三〇,二,一四夜。

还 乡 记

一

我提了旅行的皮包,走上了跳板,在茶房招待了我以后,才知道自己所坐的是一间官舱了。一个老婆子跟随在我后面,——她穿着蓝布的衣服,腋下挟着一个大布包,一看就可知道是从乡下来的。她,好象不知哪里是路,到处畏惧地张望着,站在官舱的门首,似将要跨进右腿来。这时,茶房向她高声地呵斥道:

"喂,走出去,这里是官舱。"

老婆子"唔唔"地急忙退缩着,似吓得要向后跌倒了。我猜测她,是想要借宿在官舱的门口边,可是门口边的地板是异常地光滑红亮,不能容许她底粗糙的蓝布衫去磨擦的。

我,是坐在"官"的舱内了,对那年老的老婆子,觉得有些惭愧。

二

于是我看看官舱内的人们,仿佛他们都象王帝了。

在淡红色的电灯光底下,照着他们多半的脸孔都是如粉团做的一样,有的竟圆到两眼只剩了一条线。他们底肚子,充满了脂肪,走起路来一摇一摆地很象极肥的母鸭。在他们中,没有事做的,便清闲地在剥着瓜子;要做事的,便做身子一倒,卧在床上,拿起鸦片管来吸了的工作。郁郁不乐地似怒视着世界的人也有,——一个穿着蓝缎长衫,戴着西瓜小帽的,金戒指的宝石底光芒,在他的手指上闪射着。他不时的呼唤茶房,事情比别人有几倍的多,于是茶房便回声似的在他前面转动,我不知道他到底做什么事。到晚上,在临睡时前,他又怒声地叫喝茶房。

"老爷,还有什么事?"

茶房似心里不耐烦,而表面仍恭顺地问。"打开这只箱子"。

声音从他的鼻孔里漏出来。可是茶房底举动,比声音还快地打开一只箱子。这时我偷眼横看,这位王帝似的客人,慢慢地俯下他底腰,郁郁不乐地从里面取出了一本书。在茶房给他关好了箱子以后,我瞥见这本书的书面,写的是《幼学琼林》。

三

船到码头的一幕,真是世界最混乱的景象。喊叫着,拥挤着,箱子从腿边擦过,扁担敲坏了人底头。挑夫要夺去你的行李,警察要你打开铺盖,给他检查,……总之,简直似在做恶梦一般。

中国,不知什么时候可从这个混乱中救出来。象这样码头上的混乱是全国一致的——广州、天津、上海,长江各埠,……这个混乱,真正代表了中国。现在,就连家乡的小埠,都是脚夫拼了命地涉过水,来抢夺客人的行李挑了。

四

我在清晨的曦光中,乘着四人拼坐的汽车。车在田野中驱驰着。田野是一片的柔绿色,稻苗如绿绒铺成的地毯一般。稍远的青山,在这个金丝似的阳光底反映中,便现出活泼可爱的笑脸来。路旁的电线上是停着燕子,当汽车跑过,它们一阵阵地飞走了。也有后跑的,好像燕子队中也有勇敢与胆怯的分别。蝴蝶从这块田畦飞到那块田畦,闪着五彩的或白色的翅膀。农夫与农妇们,则有的提着篮,有的背着锄,站在路边,等待汽车的驰过。

美丽的早晨,可被颂赞的早晨呀。建设罢!农夫们,愿你们举起你们底锄来;农妇们,愿你们顶起你们底筐来!世界是需要人类去建设的。这样美丽的世界,我们更当给它穿上近代文化织成的锦绣的外衣。——在别离乡村三年了的我,这时的心花真是不可遏抑地想这样喝唱出来。

五

可是绿色的乡村,就是原始的乡村。原始的山,原始的田,原始的清风,原始的树木。

我这时已跳下了汽车,徒步地走在蜿蜒曲折的田塍中了。

两个乡下的小脚的女子,一个约莫十七八岁,穿着绿色的丝绸衫裤,一个约莫二十四五,穿着白丝的衣和黑色的裤,都是同样的绣花的红色的小鞋,发上插着两三朵花的。年少的姑娘,她的发辫垂到了腰下,几根红线绕扎着。在这辫子之后,跟随着四五个农人模样的青年男子,他们有的挑着担,有的是空手的,护卫一般地在后面。其中挑担的一个——他全身穿着白洋布的衫裤,白色的洋纱袜,而且虽然挑着篮,因为其中没有什么东西,所以脚上是一双半新的皮底缎鞋。他,稍稍地歪着头,做着得意的脸色,唱着美妙的山歌式的情诗:

"郎想妹来妹想郎,
两心相结不能忘;
春风吹落桃花雨,
转眼又见柳上霜。"

女子是微笑的袅娜地走着,歌声是幽柔的清脆的跟着,清风吹动她们底丝绸的衣衫,春风也吹动他们底情诗的韵律,飘荡地,悠扬地,在这绿色的旷野间。

这真是带着原始滋味的农业国的恋爱的情调——我想,可是世界是在转变着另一种的颜色了。使我忽然觉得悲哀的,并不是"年少的情人,及时行乐罢"的这一种道学的反对,而是感到了这仍然是原始的乡村,和原始的人物。

六

我走到一处名叫'红庙'的小村落,便休息下来了。

好几家饭店的妇人招呼我,问我要否吃饭。她们站在茅草盖的屋子的门口,手里拿着碗和揩布。我就拣一家比较清净的走了进去。

"先生,你吃灰粥么?"一个饭店里的妇人问我。可是我不知道什么是灰粥。

"吃一碗罢,"我就随口答。

"先生,"她说,"你是吃不惯的。"

"为什么呢?"我奇怪地问,因为我知道卖主是从来不会关心买客的好坏的。

可是她说了:这粥是用了灰澄过的水煮的,没有吃惯的人吃下去,肚子是要发涨的。

"那你们为什么用灰水煮呢?"

"因为'耐饥'些,走长路的客人是不妨碍的。"她笑了。

这时在我旁边一个挑重担的男子,已经吃完他的灰粥了的。

"多少钱?"他粗声问。

"六个铜板一碗,两碗十二个。"妇人答。

那男子,就先付了如数的铜子,另外又数了两枚,交给她,同时说:

"这当做菜钱。"

"菜钱可以不要的,"妇人说,并将钱递还他。

我很奇怪了,——他们为什么这样客气呢?吃饭的菜钱可以不要,恐怕全世界是少有听到的。挑重担的男子和饭店妇人互相推让着,一个说要,一个说不要,我就问她为什么不要的理由。

"这四盆小菜值得什么呢?"她向我说明。"长钢豆,茄子,南瓜,都是从自己的园里拿来的。"一边她收拾着他吃好了的碗筷。"假如在正月,我是预备着鱼和肉的,你先生来,可以吃一点,那也要算钱的。现在天气暖,不好办,吃的人少。"

这样,我坐着几乎发怔。——这真有些象'君子国'里来的人们。在他们,'人心'似乎'更古'了。同时我又问:

"象这样的一个小街坊,为什么有那样多饭店呢?"

"是呀,"妇人一边又命令她底约十岁的小孩子倒茶给我。继续说:"现在是有七家了。三年前还只有三家的。小本经营,比较便当些,我们女人,又没有别的事可做。"

过客又站到在门口,她又向他们招揽着。我因为要赶路,又不愿多搁了她的时间,也就离开板桌和木桩做的凳子,和她告别走了。

七

在每一座凉亭内,在每一处露廊中,总听见人们互相问米价。老年的人总是叹息,年少的人总是吃惊,——收获的时期相近了,为什么不见米价的低跌呢?

在某一处的墙壁上,写着这两句口号:字是用木炭写的。

"打倒地主,

田地均分。"

有一个青年的农夫,指着这几个字向一班人说道:

"这是××党写的呢!他们要将田地拿来平分过,没有财主也没有穷人。好是好的,但多难呵!"

大家默默的。说话的人也说他们自己底话。我这时在旁边,就听见一个十七八岁的农夫,他是口吃的,嗫嗫说道:

"天、天、天下无难事,只、只、只怕有心人。我们为、为什么没有饭吃,还、还、还不是,财、财主吃,吃的太好。"

许多人笑了起来。这时我心里想:

"革命的浪潮,已经冲到农村了。"

八

这是必然的,你看,家家没饭吃,家家叫受苦,叫他们怎么样活下去呢!

在我到家的两三天内,我访问过了好几家的亲戚。舅母对我诉了一番苦,她叫我为表弟设设法;姨母又对我诉了一番苦,她叫我为表兄设设法;一个婶婶也将她底儿子空坐在家里六个月了的情形告诉我;一个邻舍的伯伯,他已经六十岁了,也叫我代他自己设设法,给他到什么学校去做门房。我回来向母亲说:

"妈妈,亲戚们都当我在外边做了官,发了财了。我那里有这样多的力量呢!"

"不,"我底母亲说,"他们也知道你的。可是这样的坐在家里怎么办呢?你底表兄昨天是连一顶补过数十个洞的帐子,都拿出去当了四角钱回来,四角钱只够得三天维持,蚊子便夜夜来咬的受不住。所以总想到外边去试试。你有办法么?"

我默默地没有答。以后母亲又说:

"在家里没有饭吃,到外边只要有一口饭吃就好了。她们总是想,外边无论怎样苦,青菜里总还有一点油的,家里呢,连盐都买不起了!"

母亲深长地叹息了一声。我心里想:农村的人们,因为破产,总羡慕到都市去,谁知都市也正在崩溃了,于是便有许多人天天的自杀。我,怎样能给他们有一条出路呢?我摇摇头向母亲说:

"我没有办法,法子总还得他们自己去想。"

母亲也更沉下声音,说道:

"他们自己能想出什么办法子?是有法子好想,早已想过了。现在只除出去做强盗的一条路。"

九

在我到家的第三天的午后,太阳已经转到和地平线成九十度直角的时候,我和几个农夫坐在屋外的一株树下——这个邻舍的伯伯也在内。东风是飘荡地吹来,树叶是簌簌地作响,蜜蜂有时停到人们的鼻上来,蜻蜓也在空中盘桓着。这时各人虽然在生计的艰难中,尝着吃不饱的苦痛,可是各人也都微微地有些醉意,似乎家庭的事情忘却了一半似的,于是都谈起空天来。以后他们问我外边的情形怎么样,我向他们简单地说道:

"外边么?军阀是拼命地打仗,钱每天化了几十万。打死的人是山一般的堆积起来。打伤的人运到了后方,因为天气热,伤兵太多,所以在病院里,身体都腐烂起来,做着'活死人。'"接着,我又叙述了因为打仗的关系而受到的其余的影响。他们个个发呆了,这位邻舍的伯伯就说:

"这都是'革命'的缘故,'革命'这东西真不好。为什么要打仗?都说是要革命。所以弄得人死财尽。我想,首先要除掉'革命',再举出'真主'来,天下才会太平。"

于是我问他:要除掉革命用什么方法呢?你能空口喊的他们不打仗么?

他慢慢地说,似乎并不懂得我的意思。

"打仗打仗,我们穷人是愈掉在烂泥中了!前前年好收获,还不是因为打了一次仗,稻穗都弄得抽芽了。那一次,也说是革命呢!现在,我们有什么好处。"

这时另有一个农夫慢慢地,敦厚的说:"是呀,革命革命,还不是革了有二十年了么?我十八岁的那年,父亲就对我说:'革命来了,天下会太平了。柴也会贱了,米也会贱了。'可是到现在,我今年有三十七岁,但见柴是一年比一年贵,米是一年比一年买不起,命还是年年革,这样,再过二十年,我们的命也要革掉了,还能够活么?"

我对他的话只取了默默的态度。要讲理论呢,却也无从讲起。大家静寂了一息,只见蝉底宏大的响亮的鸣声。以后,我简单的这样问:

"那么你们究竟怎样办呢?你们真的一点法子也没么?"

第三个农夫答:他同时吸着烟。

"我们是农民,有什么法子呢!我们只希望老天爷风调雨顺,到秋来收获好些,于是米价可以便宜,那就好了。"

我却微笑地又说:

"单是希望秋收好是不够的。前前年的年成是好了,你们自己说,打了一次仗,稻穗就起芽来了。这有什么用呢?"

邻舍的伯伯就高声接着说:胜利似的。

"是呀!所以先要除掉革命才好!"

我却忍不住地这样说道:

"伯伯,用什么方法来除掉革命呢?还不是用革命的方法来除掉革命么?辣蓼〔椒〕是要辣蓼〔椒〕的虫来蛀,毒蛇是怕克蛇鸠的。你们当然看过戏,要别人底宝剑放下,你自己非拿出宝剑来不可。空口喊除掉革命,是不能成功的。"

我底话似乎有些激昂的,于是他们便更沉默了。我也不愿和他们老年人多说伤感的话,他们多半是相近四十与五十的人了。我就用了别的意思,将话扯到别的方向去。

十

这是另一次。

一天晚上,我坐在姨母底家的屋外,是一处南风最容易吹到的地方。繁星满布在天上,大地是漆黑的,我们坐着,也各人看不清各人底脸孔。在我们底旁边,有一堆驱逐蚊子的火烟,火光和天上的星点相辉照。我们开始是谈当天市上的情形:一只猪,杀了一息就卖完了,人们虽然没有钱,可是总喜欢吃肉。以后又谈某夫妻老是相打的不好,有一个老年人批论说:虽然是'柴米夫妻',没柴没米便不成为夫妻了,但象这样的天天相骂相打,总不是一条好办法。再以后,不知怎样一下,谈锋会转到××党。有一个农夫这样说:

"听说××党是厉害极了。他们什么都不怕,满身都是胆,已经到处起来了。"

就另有一个人接着说:

"将来的天下一定是他们的。实在也非他们来不可!"

于是我便奇怪地问他们为什么缘故这样说。前者就答:

"他们是杀人放火的。人实在太多了,非得他们来杀一趟,使人口稀少了,物价是不能便宜的。至于有许多地方,如衙门之类,是要烧掉才干净,烧掉才痛快的。这是自然的气数,五百年一遭劫,免不掉的。"

我深深地被置在感动中了。——他们底理论,他们的解释。我一时没有接上说话,他们也似讳谈似的,便有人将话扯到别处去了。

十一

可是乡村的小孩子,都会喊'打倒帝国主义'了。

我底五岁的侄儿,见有形似学生的三五人走过,便高声地向他们喊:

"打倒帝国主义!"

有时他和五六个同伴在那里游戏,他也指挥似的向他们说:

"我们做打倒帝国主义罢。你们喊,打倒帝国主义,我们便将一两个人打倒了。"

孩子们多随他说,同样高声地,指出他们底手指,向一个肥胖的笨重人喊:

"打倒帝国主义!"

我们还能看见到处的墙壁上,这样的口号被写着。虽然'打'字或者会写木边,'倒'字会落掉了人旁。但是横横直直满涂在墙上,表示他们之意识着这个口号,喜欢用这句口号,是显然的了。

十二

一到晚上,商人们都在街上赤膊的坐起来了。灯光是黝暗地照着他们底店内,货物是复复杂杂地反映着。街并不长,又窄又狭的,商人们却行列似的赤膊的排坐在门首,有的身子胖到象圆桶一样,有的臂膀如两条枯枝扎成的,简直似人体展览会一般。

我穿着一通青布的小衫,草帽盖到两眉,从东到西的走着。可是在我底后面,有人高声地叫呼我底名字了。我回转向原路走去。

"是你么,B君?"

一个小学时代的朋友,爽直而天真的人。

"你回来了么?"

他的身躯是带黑而结实的,他底圆的脸这时更横阔了。

"生意好么?"

我问他。同时又因他顺手地向椅上拿衣服,我却笑起地又向他问:

"你预备接客么?"

"不是啊,"他说,"我们好几年没有看见了,我想问问你外边帝国主义的情形怎样,国货运动又怎样。"

我一边坐下他底杂货店的门口,一边就向他说:关于商业,我是从来不留心的,至于一批投机商人的国货运动,我也觉得讨厌他们。

"比奸商的私贩洋货总好些罢?"

他声音很高的向我责问。可是我避过脸孔没有回答。接着,我就问他在商业上,他近来有怎样的感想。他说:

"总还是帝国主义呵!帝国主义的经济侵略实在太厉害了!同是一种货,假如是自己的,总销行不广;即使你价值低跌到很便宜,他也会从政府那里去贿赂,给你各处关卡的扣留。想起来真正可怕。"

他垂下头了。静寂一息,他又继续说:

"所以帝国主义这东西不打倒,中国是什么法子也弄不好的!你看,近几年来的土布,还有谁穿呢?财源是日益外溢了,民生是日益凋敝了,——朋友,这两句话是我们十几年前,在学校里的时候谈熟的,现在,我是很亲切地感到了!你,弄了文墨,还不见怎样罢?"

这位有着忠诚的灵魂的朋友,是在嘲笑我了。他底粗厚的农民风很浓的脸孔,是带着悲哀而苦笑了。我不知道自己怎样向他作解辩的回答。我只是神经质的感叹着:中国的人民实在是世界上最良好的人民,——爱国,安分,诚实朴素地做事,唉,可惜被一般军阀,官僚,豪绅,士主弄糟了!我就纯正地稍稍伤感地向他答:

"B君,你底话是不错的。书是愈读愈不中用的。多少个有学问的经济学博士,对于国民经济的了解,怕还不如你呢!所以,B君,目前救中国的这重任是要交给于不识字的工农的手里了。"

我受了他底一杯开水,稍稍谈了一些别的就离开他了。

第二天,我也就趁了海船,回到我孤身所久住了的都市的他乡底家里。

一九三〇年九月十七夜半上海

人间的喜剧

第一幕 四周的声音

时夜深。病者僵卧床上。房中惨淡凄凉,灯光乌暗,陈列二三书架,两堆旧书。此外则残破之石膏雕刻,老旧之小提琴,各样油画。

四周底可怕的声音,
是黑暗底咆哮?
还是夜底呻吟?

东方有沉舟的呼喊。
求救底悲号的风,
透入我冰冷的肌骨。

南边有残废的老人底叹息,
音韵似冬夜的月色底凄凉,
披盖着群山的世界底寒寂。

西边有新孀的寡妇的哀泣,
止不住她悲哀的泪涛底汹涌,
流向她底内心饮咽而呜咽。

北边有尖厉的凄楚的悲笳,
引着那破衣的无归的少女,
向朔风底严厉中战栗。

洪洪的,幽幽的,一片回风而舞的雷声,
如鸣雷流转于万峰簇拥的云端,
如湍涧寄丁东潺湲里。

如暴风雨之下的破屋中的婴儿底号哭,
如老母亲之在荒野中,对着她底新战死的儿子悲啼,
困迫与失望,正成了空谷间一阵阵的回音。
(下佚一页——编者注)

歌耶么?哭耶么?
一声声震动我心坎而怵悸!
姜醋之味般地冲入我胸头。

唉,我早成了三冬凋残的老树,
经不住怒号的北风的鞭挞,
声音呀,你将给我如何化蜕?

青翠的枝叶黄凋了,

红香的花蕾残落了,
生命之火与光的暗萎。

唉,我又听到了山魈的长啸,
水妖的滺滺的狺吠,
屋外无数的罔〔魍〕两〔魉〕的群伍。

环绕屋之四周而跳舞,
淋漓着满身之血与火,
我已是一个束身的俘虏。

我战栗,我恐怖,
儿童时的宝剑那里去了?
来,给我任性舞一舞!

银光冲牛斗,
锋犀断虹霓,
来,给我舞一舞?

我将还能奋勇?
一对枯干的空拳,
一个灰冷的弱心!

我怕,不能了,
我怕,不能了!
最后之原的临近。

毁灭的时间到了,
我眼前怎样被网着绿色的光幕?
地狱之夜的光幕呀!

幕外是荒凉的墓地;
一垣垣的黄色的孤坟,
如海浪般的起伏。

我将睡在何处?
荒山之角的古洞中,
呜呜冷风的怀抱里。

上是大风中下坠的云块,
下是地心紧张地呼吸,
心爱的琴弦震断了。

等待着死神的邀请,
地狱正展开朱色的大门了,
我将迈步而遨游。

火阱火坑的处处,
铁枷铁栲〔铐〕的奴隶们,
恶的形容的寒心。

猖猖狞狞的声音,

象层层密布的雨云,
　　将奔泻到我的赤裸的周身。

　　恶毒的消息传到我心,
　　可怕的幻影幕幕现隐,
　　看,天上将陨的星!

　　妹妹的纤弱的白手,
　　请快遏住我的寒惊,
　　愿一切变做了无声之琴。

　　寂灭了,夜之呻吟,
　　黑暗的咆哮呀,
　　灰绿的灯光的怒鸣!

一年少姑娘登场,身衣灰白色便服,手执牛乳一杯,眉宇哀愁,两目现苦笑的光。

　　房外是秋夜声色的倥偬,
　　房内是哥哥病中的呓语,
　　宇宙间同一的凄切的悲歌呀!

　　自从斜阳下山以后,
　　淡烟舒卷着我的屋脊,
　　暗影就随着夜幕重重来了。

　　我就如在春雨的泞泥里,

行一步,跌一脚,
现在是到了哥哥的房内。

牛乳放在哥哥的唇边,
这是哥哥的呼唤,
还是错听做酒精灯上的沸煎?

我好似在灯花灿烂的厅中盘桓,
现在却被你叫回,
我真是迷迷的一位游仙。

青年静卧不动,叹息。
从今为始,我决拒谢了夜半牛乳的赏赐,
妹妹,这于我实在无能为力,
不过换了来你疲倦的扰至!

你是怎样好看的小鸟,
而今美丽是被我吸收了,
由我病手,交还你一个憔悴。

伤悼过去不为惜,
悲哀未来不为辞,
我将怎样的痛心呀,你!

可怕与战兢,
奔波着你的殷诚,

从日出到夜深。

妹妹呀,我现在只祝你美丽的灵魂,
如一枝茂绿的长春藤,
我以死后的肌体,滋补你长上青天而青青。

你为什么呜咽?
你快给我你的手,
夜已怎样的深了?

晨鸡已忘记它的司守,
银河将落到西方的屋上,
更鼓也倦得睡去了。

妹妹,快给我你的手,
从你手里回忆到死后的母亲,
找到早年消失了的温存!

我恍惚看见一位慈霭青衣的妇人,
微笑着摩着我的头顶,
还将牵你同到前面阳光满地的园庭。

但我已是一个孤立在岩崖上,
一手扶着青松的衰弱的老人,
永久之神认什么是我的归依?

小姑娘手作合十形,默祷。
上下四方诸神的佑护,
赐我的哥哥以宁静的心,
回复我的哥哥以康健的生命!

三位青年学生登场,态度皆洒脱,面貌英俊。
　　青年孟
迎面吹来寒灿的星光所下嘘的微风。

　　青年仲
似讽示人类,天外正有一处极乐的世界。

　　青年季
人间呀,不过是"黑暗"卖力着前途的无穷的力!

　　青年孟
喘着一口气是不能算作活的么?

　　青年仲
努力地进行却又要失了方向。

　　青年季
恍惚自己也不知飘流到何处了。

　　青年孟
绿水上的落花瓣。

青年仲
荡漾的西南风。

青年季
笑与泪的景色。

小姑娘
哥哥们来了?
星光照着你们的前路,
夜风送着你们的身后罢?

哥哥正怕着窗外的秋声,
我也怕着各处的幻影,
夜是怎样的不幸!

病者高声嘶喊
听,外边是什么声音?
听!外边是什么声音!
斜风细雨中的阴鸟已飞到头上了!

听!外边是什么声音?
听!外边是什么声音!
落日灰黄时的枭已怒目号叫在屋角了!

听,外边是什么声音?

听,外边是什么声音!
一群群白脸长脚的小鬼正在欢迎。

听,外边是什么声音?
听,外边是什么声音!
无数的恶犬奸狐正利齿摇尾地狂鸣。

鼓着羽翼有如雷霆,
一阵阵的恶腥,
冲进我的鼻,冲进我的心!

妹妹,愿我的手掩着我的两耳紧紧,
我已被腾在空中悬吊了,
恶的叫,毒的鸣!

　青年季
一切如死地沉静,
除了窗外绿色灯光的掩映,
飞着二三只乍明乍灭的秋萤。

　青年仲
如水一般的夜色的流泻,
漂着也是冷露如三月的落花,
还有什么敢高声而嘘嗟?

青年孟
究有也不过几片落叶的萧瑟,
最多是几只墙角寒虫的啾啾,
还是在辽远的隐约中。

小姑娘
愿哥哥的心如止水一样的平静,
高跳的脉膊回复了安宁,
全身的血正在沸腾!

用我的脸儿喂〔偎〕着你的脸,
用我的唇儿吻着你的唇,
哥哥你是一个英雄!

你当听不到什么了,
再用手儿掩住你的耳,
十指已变作了桃符。

病者又高声狂叫。
听!外边是什么声音?
听!外边是什么声音!
青面獠牙的鬼王正蹲在东山上一声。

听!外边是什么声音?
听!外边是什么声音!
无数无数的魔鬼环着它狂笑狰狞!

听,外边是什么声音?
听,外边是什么声音!
人间一切凶恶的号叫都回应相迎。

听,外边是什么声音?
听,外边是什么声音!
山谷水湾一齐起了尖悲可怕的盈盈。

雄壮美丽的河山,
将变成血肉糜烂的濠沟。
难闻的人臭的屠场!

东边、西边、南边、北边,
一片魔鬼的世界,
万恶所管辖的领土!

它们的眼中放出火;
血般延烧的烈火,
将要烧了我的屋!

它们的口中吐出水;
脓般泛滥的洪水,
将要浮去我的身!

妹妹,请你紧紧抱住我,

我也紧紧抱住你,
它们的眼角还射着绿色的毒气!

朋友们,互相疗救罢!
救出了你们自己,也救出了我,
从魔鬼厉牙咀嚼的口中。

天地全然昏暗了,
太阳已没有红热的光,
星月也消声隐迹了。

似夜是无尽地绵延着?
头上的崩腾的黑云,
身前的凛冽的浓雾。

狂风怒夹着沙石在飞走,
城将崩了,
河水将逆流了!

妹妹,我们将从地心下陷,
沉到不可捉摸的深渊,
葬在那边的无底的墓中了!

余音悲切,剧场寂静半分钟。
夜青年季他竟似可怕的马面牛头。

青年仲
病弱的心又似芦花柳絮。

青年孟
黑暗又风吹浪打着他。

小姑娘
漫漫长夜,不知何时是黎明?
晓光照着朱色的窗户,
晨风拂动着户上帏幕的时候。

不过哥哥是一个英雄,
病中想象的无名的人,
有无边的莫测的神通。

似你手中有宝光四射的长剑,
头上有银色辉煌的盔,
周身披着铁甲。

白马拴于门前的柳树上,
长嘶着怒目执鞭的马夫,
这正是勇往前征的时候!

现在却是大哭后的婴儿,
他的气息喘的微弱,
周身浃着冷汗的汹涌!

难于挨延的时候是怎样的时候?
难于认识的己身是最悲哀的己身!
夜呀,你还未央罢?

 青年孟
愁苦郁结着如百般的乱丝。

 青年仲
错乱又伤失了生命的主旨。

 青年季
愤懑的思潮将吞他而去了。

 青年孟
异常的发生将在异常中隐现。

 青年仲
恐是一个不可逃免的今夜的危险。

 青年季
我也不能召上帝来镇坐在他的身边。

 青年孟
眼球儿涌上酸味的红色的腺,
泪珠儿滴到襟上如春雨的绵连,
小妹妹丰柔的两颊也一天天地消改。

青年仲
唯一的可敬可爱的人儿，
正是可悲可叹的善与孤独。
真理的不矛盾可在今夜相信了！

青年季
夜似广垓无岸的碧海，
悲哀更翻起了黑沉沉的苍波，
漂浮尖酸的苦和毒。

真不利于我们的时日呀，
在冷寂的难受中，
将难消磨那幽泣的心声。

时病者又狂声呼喊，
听，那末劫的声音！
万魔蔽遮了人类的眼睛，
人类正没命地四处窜奔。

听，那末劫的声音！
湖海沸起了烟云的蒸腾，
浩气也崩溃了山岳的峰顶。

听，那末劫的声音！
云中注泻下冰雹的石块，

屋上飞焚上万丈的火星。

听,那末劫的声音!
万物一齐成了混沌,
地球颤震着灰昏。

耕者依在锄柄上低泣,
工人寂立在机器前呻吟,
母亲也无心给乳她的婴儿。

死光布着大地处处,
代替那三春的阳和,
好象那三冬的朔气。

我还何患乎睡着不起?
我还何患乎病着不起?
我将以妹妹的忠言去战死!

取下我的手枪,
佩了我的炸弹,
前面就是荒凉的战场。

那边没有鸡鸣,
那边没有犬吠,
那边只有最后的战,战!

战,战! 只求人类的安全,
　　粉骨也愿,
　　碎身也愿。

　　锦绣的山河,
　　还我锦绣的面!
　　妹妹,我将去战!

病者狂奔至台前,高举两手。小姑娘悲哀跌地,孟仲季三友不见。时舞台四周影影有万人啼哭之声,大地摇摇欲震。

(一幕完)

第二幕　追求与幻现

春天的旷野,花草青淡。远处有冈峦松柏。病者疯癫地登场,口唱招爱之歌。

　　正万物的得时,
　　冬风敛影后的佳季,
　　陶醉而呻吟的春诗。

　　天如绿水的扬波,
　　地如翡翠的堆砌,
　　阳光似黄玉的联珠。

　　牡丹呀,将笑你红色的笑窝,
　　芍药呀,摇着你白柔的两臂,

小草们,一齐穿戴起青翠的舞衣。

正人间的开颜,
欢乐鼓着五彩的小翅,
到处影影无形的飞旋。

但幸福的姑娘呀,
何处是你的贵乡?
孤苦的人所寻求的方向!

我盲目地走到东,西,
山是绵延而起伏,
水是蜿曲而悠悠。

到处是地天相接的尽头!
虽满眼披挂着锦绣,
凄凉之于我仍如大海的孤舟。

幸福的姑娘呀,
粉白的小蝶可作马,
你骑着来罢!

幸福的姑娘呀,
翡翠的小鸟形如舆,
你乘着来罢!

朝云如凤辇,
落霞似龙舟,
幸福的姑娘。

东风的飘飘似音乐,
白云的片片如旌旗,
幸福的姑娘呀!

护着你,
送着你,
缥缈着一切的芬芳。

欢迎你有忠实的心,
陪伴你有贞洁的身,
何处是你所逗留之影?

幸福的姑娘呀,
你低叹吗?
你掩泣吗?

你为何蹙着眉儿啊?
你不爱什么呢?
你不满什么呢?

幸福的姑娘呀,
你笑着来罢,

你舞着来罢。

秋夜皎洁的笑,
冬雪袅娜的舞,
你吻着人间来罢!

自从你来了以后,
阳光会有分外的艳丽与清明,
世界就会从醉后的狂乱中醒回来了。

终日的缠绕与纠纷,
立即会恢复和平的休息,
人类也个个如安乐的王子了。

自从你来了以后,
巨炮的射击会变成焰火,
劈拍的枪声会变成爆竹。

举起破坏的手会成建设,
捣乱的口号就是成功的颂词,
一切会回生而起死!

疏松的海滨沙石上,
将筑起万丈的观潮塔,
孩子们如穿莺般上下。

松柏苍葱的山边,
有庞大的消夏的别墅,
年老者个个诉辩他的真理。

如何装置地球的美丽,
是那时一个不易解决的问题,
织金为锦,恐人类要作地球的大衣。

铺满地间都是丽绮,
张满天上都是艳辉,
空中时现幻变与离奇。

钢琴流水般的响声,
歌曲春莺般的腔调,
遍那斜阳落日时的村堡。

明月中天的湖畔,
东风飘忽的夏夜,
落满青草地上的少年少女们之无影。

只有摇篮中的婴儿有哭意,
艺术未完成时的青年有愁影,
此外一片是笑影的愉忻。

但幸福的姑娘呀,
何处是你勾留之影?

一颗辽远难望的明星!

天穷了涯,
地终了角,
你来不来了罢?

山已再没有巅了,
水也再没有边了,
终不见你的影容。

幸福的姑娘呀,
你为什么躲避如转蓬?
人类个个是奴隶的盲聋!

唉,我有些知道了,
只有花鸟是有春,
只有霜露是有冬,

人间永远是陆离,
理想永远是虚空,
我究将何去何从?

森林中寻不到美的影迹,
墓头上招摇着欺人的标帜〔帜〕,
世界呀,恐与我而长遗!

我仿佛觉得周身有一种颤冷,
如此清丽的田园,
竟充塞着杀人的阴气。

希望再也不回来了!
人类是一切死尸的奴隶,
主宰之权操纵在于魔鬼之手!

唉,魔鬼请显你的音容,
生命由你操纵,
世界由你操纵。

一片昏蒙!
我理想的英雄,
将翱翔于天空。

冲破黑暗之幕而翱翔天空,
吐气如环宇的长虹,
挥臂如回日的六龙。

人类之敌人呀,快来作战,
我将驱你们到山穷水尽,
看我万丈光芒如彗星的刀锋。

时魔王出现,身躯巨大,头角狰狞。厉声而叫,
谁在背叛?

谁在谋反?
我是时代的管辖者。

　　病者惊掩其目
一个真,
一个美,
一个理想的英雄!

　　魔王
闭口!
封锁你的喉咙。
看谁有权力!

　　病者
我是神农之子,
我是伏羲之孙,
我是黄帝的苗裔。

你滚!
上帝的恶虫,
蚩尤的野种!

　　魔王
咀了你的头,
嚼了你的身,
看谁有权力?

病者
我有沸的血,
我有赤的心,
我有精忠的灵魂!

　　魔王
住口!
小子,你微弱的人!
你不怕粉碎了骨和身。

厨中的肉,
掌握中的奴隶,
点着你降服的头罢!

　　病者
我的头上是青天,
我的脚下是大地,
恶影,你看手枪!

病者用手枪对准魔鬼,向他示威。

　　魔王
孩子这样的好强,
我要看你斤两,
时代反抗的忠良。

黑暗之众神,
从万恶之国,
一齐飞来!

魔王不见,随即无数小魔环立病者。嗟,嗄,唉,作咒。

病者昏沉
唉!满眼都是恶形丑影,
我无处可避开了视线,
耳听得它们的□□的高声。

众魔
希望可以完了,
努力可以止了,
幸福永不再来了。

什么是真理,
什么是快乐,
只有你可怜的青年!

疯!
狂!
癫!

病者

假使理想是永不磨灭，

恶魔们早该灭绝，

善良之神早该飞临！

　　众魔

背叛！

谋反！

作乱！

　　病者

任它们怎样的诅咒，

不能消灭我革命的一分勇心，

我只有向前冲破它们的阵势。

降服呢,这是说不到的事实,

还有我天赋的职志，

火不能焚水不能灭。

众魔诵咒,唉！嗌！嗳！一魔:快拿去我的虚伪

　　魔之二

快拿去我的欺诈。

　　魔之三

快拿去我的谄媚。

魔之四
快拿去我的压迫。

魔之五
快拿去我的诡谲。

魔之六
快拿去我的狂夸。

魔之七
还了我你善的理想。

魔之八
还了我你美的希望。

魔之九
还了我你真的探求。

魔之十
服从黑暗的命令。

魔之十一
放施野蛮的举动。

魔之十二
抛了良心做人！

魔之十三
　盲目!

　　魔之十四
　兽性!

　　魔之十五
　做一个奴才。

　　病者悲伤
　宁让青天污暗,
　宁让大地昏阴,
　素志不能凌辱。

　旷野遍闻血腥,
　人间已没有一片清静,
　我将怎样地奋兴?

病者又对准手枪,众魔呐喊
　敌人!
　敌人!
　敌人!

　　消灵!
　　消影!

消形!

病者苦痛呻吟
　　我的身体将不能支立了!
　　皮肤一寸寸地在破裂,
　　筋肉一块块地在剖割。

　　好似裸体地眠在冰山之上,
　　又似被落在油锅之旁,
　　高高地悬在绞刑台的中央!

　　血也将凝结,
　　力也将消灭,
　　气也将息绝。

　　尖刀剜进我的胸腔,
　　利弹穿入我的额角,
　　火周身在焚着!

　　纤维丝丝地震颤,
　　细胞粒粒地盘桓,
　　神经一支支地飞向空际。

　　耳内已没有婉转的妙音,
　　眼内已没有秀丽的俏影,
　　只有灰色的光,只有冷色的景。

宰割!
一任它们的恶性,
我是祭礼台上的牺牲!

众魔诵咒,病者化成一副孤骨,众魔呐喊
　　他的筋肉芬芳!
　　他的血液清醇!
　　他的脏腑甘美!

　　我们从他的身上挹取琼浆,
　　我们从他的身上啖取滋肥,
　　我们从他身上榨取一切的膏脂。

　　雄心也死,壮志也死,
　　一切倔强完了,
　　问你能否再斗嘴?

　　留着骷髅,
　　剩着冷骨,
　　余着残骸。

　　任我们搬弄,
　　任我们玩耍,
　　任我们弃取!

美哉胜利!
最后的证明,
权力的所在!

众魔不见,前魔王又登场。

我是权力之王国,
我是万目所瞻仰,
永远的生命的敌人,

我将发放这个俘虏,
用朽腐的粪土作筋肉,
用沟渎的污水作血液。

贫!
病!
夭死!

过恐怖的黑夜,
过烦恼的白昼,
过悲哀的一生!

病者复活,魔王不见。

(二幕完)

第三幕　银灰色的终结

在一湖畔,湖水清碧;秋山蜿蜒环抱,残柳一行,间立绛红的枫树。空气阴澹,时将落日。

二樵登场。甲樵

秋色已染深了紫金冠般的枫叶,
秋意也劳瘵了枝头的杨柳,
白帝的印绶将到了交卸的时节。

　　樵乙
吾们怎样会须鬓斑白?
一年一度的秋霜的飘零,
一年一度的秋剑的威迫。

　　樵甲
秋从戎马的嘶风中掠过了,
生命之温柔跟着消散,
夜色的冬就坟墓般葬着人间。

　　樵乙
终日不开笑脸的秋云,
终日不展愁眉的湖水,
为得是低头沉思的落叶。

你们也怨春色不长留?

你们也怒夏景不常住?
过去就是悲哀罢?

   樵甲
但我有一个肥胖雪白的少女,
终日缠着她年老的婆婆,
她们不知什么是愁苦,

笑声之外是无所谓世界,
一个的眼前就是上帝,
一个的怀中就是黄金。

还相约,一个到了八十岁的衰老,
一个正当髫龄,
再给她漫游人间以扶行。

   樵乙
这都是作祟的不可思议的神,
搬弄着真实生命的美与真,
我们当认一切在自然迎去的旋转里。

   樵甲
恐怕你也不曾见到,
我到想起了一个奇怪,
这里奔走着一个青年。

头发蓬乱地披散在两肩,
眼球奕奕地闪动于憔悴的颜面里,
口中是不住地呢喃而呻吟。

樵乙
疯子罢?

樵甲
说不定。

樵乙
可怜现在疯子正多,
而且个个年轻,
听说都是不要生命。

樵甲
或者他也逃不出这个势力范围。

樵乙
你可从他的举动观察他的感情罢?

樵甲
山也会对他讲理,
水也会对他谈爱,
在他一切都是有情?

有时仰首向白云,
管他缥渺无边的去路,
唤回他自己无力挽救的前程!

枫叶插佩着他前襟,
这是战场败敌的勋名,
人间不朽的宝星,

残柳花圈般围着腰身,
一件青衣长过了他的脚跟,
他很似自投汨罗的屈灵均。

有时向那岩崖追寻,
墓隙间有他家的屋影,
但一见人仍笑语相迎。

　　樵乙
天气怎样会如此恐怖?

　　樵甲
是,正象毒蛇猛兽挡着前路!

　　樵乙
金风呀,总是你太厉害的缘故。

樵甲
　　听什么地方来的悲声,
　　真是想象不到的不幸,
　　湖山呀,现了你的酸辛。

时隔山闻病者的独语
　　唉,天呀,
　　我的父!
　　你为什么生我?

　　唉,地呀,
　　我的母!
　　你为什么养我?

　　日夜已不行,
　　山川已陆沉,
　　万物昏昏而阴阴!

　　最后之时已飞临,
　　天边的快乐,
　　天边的欢欣!

　　一个病残者的余生
　　已矣哉,
　　刹那间的完成!

　　我从何处来,

还将何处去,
湖山呀,我将与你永存!

展开大地的怀抱,
消退长天的愁容,
人间带上几分乐意罢!

过去躲隐到荒边,
未来急迫到眉睫,
休息将与我而拥抱!

　　樵甲
你听他的悲伤的声音,
山岩都要为他崩溃了,
湖水都要为他泛滥了,

春夜的鹤鸣,似么?
秋晨的雁唳,似么?
我的泪珠儿也将流下了。

　　樵乙
还有什么方法?
再也不能挽救!
生死都无用了。

樵甲
风也　为他酸瘦了,
草也为他枯死了,
他和霜露同夜。

小姑娘登场,青年孟仲尾其后。

小姑娘
哥哥你在那里?
山之峭!
水之湄?

就是山峭水湄处,
山神水神也应保护你。
使我吻你有病的身体。

你的影摇摆在我眼前,
你的声仿佛在我背后,
哥哥,你在那里?

青年孟
悲伤追逐着我们的影子,
泪是向眼眶流罢?
还是向心的深处吞呢?

青年仲
时日阻拦住我们的身前,

要我们向那终结的筵上,
分那苦汁与辣味的饮宴。

三人下场。

  樵甲
姑娘的脸儿和没有纤云的天一样青。

  樵乙
谁的清秀的两颊都堆满泪痕。

  樵甲
烦恼如佛光的普照着他们的额上。

  樵乙
青年的问题真是一个不可解的谜。

病者的呼声
  天呀,愿你放一眼的红光!
  地呀,愿你开一口的微笑!
  孩子将跳进你们的怀里来了!

  水上有仙花,
  娉娉而婷婷,
  归去呀归去!

  山中有灵兽,

驱驱而驰驰,
归去呀归去!

我还你所有?
我还你所求?
湖山与我当长留!

 樵乙
是落日以后的凄怆?
还是夜色吞吐他的苍茫?
预兆的种子正在恍漾。

 樵甲
辛辣的微风已在震荡,
寒寂的雨意也起了飘扬,
风和雨将一齐蹲在东方之上。

 樵乙
酸楚已跳到我的鼻梁。

 樵甲
心也颠倒而慌忙。

青年季登场。神色懊伤。
我的肩膀为什么不长上两翼?
乘着夜风而飞上高山,

离开尘世的嚣扰的纠纷。

我的两股为什么不长上两鳍?
冲入了碧沉沉的水底,
做个一无牵绊的游泳。

空气是怎样沉重!
冷汗流浃着我的周身,
我一步也不能向前冲。

茫茫地在迷路之间盘旋,
时代的恶的象征呀,
不意的流血的日子。

叫我问你何处去?
现在倒不是个黄昏,
好象月落以后的清晨。

更似时间停止了运行,
空间也水一般地凝冻,
什么也象无始与无终。

苦痛!
围住了四周水泄不通,
我好似过着无尽期的冬。

由桥的这端跑到那端，
踏遍了湖山所有的空隙，
终不见他生色的迹踪。

看二樵假笑。
你们是否也有苦痛？
假使没有应早些忏悔，
上帝的意旨应当服从。

青年季下场。
　　樵甲
咀嚼着悲哀的楂〔渣〕滓〔滓〕会忘记了悲哀。

　　樵乙
苦痛的微笑的假面，才是深的苦痛罢？

　　樵甲
什么都显示着奇迹，
太阳也蹲在云外呜咽，
揉着眼不愿回到他的故乡去休息。

　　樵乙
夜也僵僵地呆立，
似恐怖着不曾将灰色的种子，
一层层撒的严密。

樵甲
　遥远的激昂的悲泣!

　　樵乙
　生命的严重的战栗。

病者的声音
　　天国门已开,
　　涅盘在眼前!
　　只在刹那间。

　　芬芳呀,空中的大气,
　　灿烂呀,人间的花草!
　　美妙呀,天宫的音乐!

　　我将轻轻地被拥着前去,
　　好象一位幸福的王子,
　　一切就在勇敢里终结了!

隐约声沉。
　　樵甲
　毁灭已衔着他去了!

　　樵乙
　破碎的声音还摇他最后的尾。

樵甲

青年的时代真如身临前线的冲锋。

樵乙

小小的流弹会吞蚀了全部的所有。

樵甲

也不该太悲伤的骄傲呀！
永有痕迹的痛哭与长唉，
不过置他一个自由罢！

樵乙

谁可侮蔑他们的神圣？
他们总是依着理想之路进行。
不象我们已住惯了寻常之屋。

樵甲

我们已眼看一切都是平平，
从生到死的全部过程，
奇特与鲜艳的凋零。

樵乙

声音！真象喷泉般的喷腾？

台后青年孟

愿上帝微笑地握着他的手。

  青年仲

天也将砟〔炸〕破了难受的容积！

  青年季

用我的泪来洗净他的尸身罢！

  樵甲

我想向家乡走的一条路跑了！
一字一句的灰色中的伤心，
脚边下的泥土也渗透我的泪了！

  樵乙

那死之原边的无限的寂寞，
夜和悲伤也骤然地跑上前面高塔的尖顶，
我们避不了地向那走一趟。

  樵甲

用什么作哀吊的礼物？

  樵乙

那树上的红叶和真朴的心。

远处有悲泣声。二樵退场。

（三幕完）

第四幕 奠祭以后

旷野新坟,坟上衰草凄凄,前陈设奠祭。时青年孟仲二人,孟手执素烛一支。

在二十世纪的坟前盘桓,
我恍惚失了一切的感情与智慧,
身体变做钢与铁的一副机器了!

青年仲
好象是立在地狱之门前做人,
耳边是吹过戚戚的恐怖,
心似石一块地塞在胸中。

青年孟
悲愤之神的毛手已带去了灰色的死!
悲伤却慢慢地蜉〔孵〕化出红色的狂来了,
死与狂所组织的目前的世界。

青年仲
枭声不住地啧着在我们的屋角,
彗星却拖着长尾出现于东方。
不祥的声光是闪闪地逼迫到我们的头顶。

青年孟
除出用自己的手控出麻醉的心来,

曝在严冬凛冽之夜的冻冰上,
再也没有轻轻如蝉翅般的蜕化的方法了,

　　青年仲
有时好象旅行在大戈壁的沙漠中；
朔风卷起了千里无垠的黄沙,
黄沙吞蚀了我飘荡于漠漠的空际。

有时好象匍匐于北冰洋外的空山上,
极目的寒威溶解我,
我将缓缓的分化做白色的寒素。

除了几分微颤的心的温暖外,
泪也凝冻了,
血也冰冷了！

　　青年孟
我不能使人的泪眼中发出笑声,
我也不能勉励自己将感情看作僵硬的死物。
我只有盲目的迟钝的蠕动！

希望和白色的冥纸焚化,
期待也如丧筵上的残羹,
未来的一切被放进棺里而埋葬了。

我好象枝头腐烂的果子,

只等待微风的吹落,
装着新生的种子在土泥之下。

  青年仲
现在我们已献过了海棠秋色的花,
酒也洒过了姜黄衰草的弱根之上,
只茫茫地看着自然兴歇就是了。

青年季登场。手执蔷薇一束。
  一切从不可逆料的进行中过去了!
  最后之原是留着微笑的安闲与甜蜜,
  我的朋友将与天地悠悠而长在。

  最彻底的祈望,
  最伟大的期待,
  最终的账的结束。

  我将倾倒于你的怀中;
  春雨也落不到你身了,
  秋风也吹不到你的心了!

蔷薇插于墓边,小姑娘在台后悲歌。
  小草你为何黄萎?
  青山变了憔悴的面色,
  莫非也为我的哥哥死了?

小溪为何缓流?
绿水变了消瘦的容仪,
莫非也为我的哥哥死了?

萧萧的无边的秋林落叶,
漠漠的绵密的荒野的烟尘,
都为我的哥哥死了!

暖暖的远来的寰市的歌声,
沉沉的隐约的村堡的诗意,
都为我的哥哥死了!

从此白昼将没有红艳的太阳,
从此黉夜将没有清秀的明月,
一切都被我的哥哥带去了。

小鸟的舞影葬在梢头,
花的香味埋在叶底,
一切都被我的哥哥带去了。

哥哥你是甜蜜地去了罢?
你也无须想念了,
你再也不回头了!

你有你的春和秋,
也有你自己的昼和夜,

一切静静地环着你。

你的花是永远不消退它的芬芳,
图画永远是彩霞般的颜色,
琴弦也不变地在无垠的颤动中。

广大的极乐的国土,
和平之神终日鼓着他的翅膀,
无声的笑是到处显现着。

哥哥你是找到了你自己的发现,
你是寻觅着无价的珍宝,
解决了你自己所要解决的。

但剩余的未流完的泪水,
黑云中的十颗弱的小星,
将怎样完结她的最终呀!

　青年季
事实的一面让人知道,
还留给一面给人思索吧?
未来的薄生好似还有一半。

终止是到了不可知的境地,
观望是活动着绝无尽期,
我剧场上的一人焦急了。

但还是自己不自己知道！
什么只叫我自己去忍受着，
奴隶般的不愿反抗而去做。

  青年仲
我也似自己正穿走着一个山洞，
周身的空气是怎样黑暗而郑重，
但总还是不停留的向前走。

山外还是一片平无的荒地，
引着的光也微乎其微，
平凡之表总以为裹着新奇。

  青年孟
腐烂的苹果也算是苹果么？
脱落瓣的花还是一朵花么？
谁就不咀嚼他眼前的糟粕呢？

虽则叩不进幸福之门而死的死了！
还是愿献身给真理的永远被囚禁着！
但有谁能坐视美人之在恶魔的手中而不发怒呢？

  青年季
宿命的延长是一个无限的延长，
好象走着那黑夜中的漫漫野路一样，

正不知何处是要到的家乡!

  青年仲
再也不愿提起灯光来照照自己的影子,
恐怕只有一副丑的骷髅的样子落在地上,
还有恶魔般的凶脸躲在身边。

  青年孟
坟头点头的小草,
莫非还是我故友不安的灵魂?
不,劝告我们再勿彷徨罢。

台后又是小姑娘的声音
  漫天的愁云何时开?
  满地的愁草何时晓?
  现在我将到哥哥天国的门了!

  金冠的晨鸡努力啼,
  绿衣的小鸟唧唧叫,
  晨与阳春将近了!

  青年孟
睡神,请问你是死的兄弟吗?
愿你来到我的身边伴着我,
用你的两翼来遮掩了我的眼睛。

青年仲

现在我的两耳是空虚了,

好象无边的冷静的冬夜,

声色都裹藏起他们的自己来。

青年季

一切混沌而杳冥,

我将牵着梦的手,

温柔而甜蜜的眠倒了。

三人仰卧在坟边草地上,心灰意冷。二樵登场,形似过客。

樵甲

这是一个新死的人。

樵乙

在我好似很久远了!

樵甲

太荒唐,天还没有在他死后哭过一回的雨呢。

樵乙

就是星光也可晒黄了他坟前的绿草了罢?

樵甲

也有人会感到过去了就没有这一回事。

也有人会忘不了一天长似一年的。

秋风春雨的轮值真很象有些意思?

  樵乙
就这样地过去罢!
喜欢孩子长大的母亲,
有时会对镜而怨自己的红颜消逝的。

  樵甲
生命真似一颗骗人的果子,
看看很是美丽,
吃吃实在无味。

  樵乙
生命本是一出儿戏!
认真了没有意思,
不认真又没有滋味。

  樵甲
他们眠在人事的床上的人,
以为他的死与秋天,
人间唯一悲伤的事。

  樵乙
祝他们永远如此静静地睡,
到天也没有了,地也没有了。
我们还是有不可不走的前路。

二樵下场,一切如死。

(四幕完)

一九二五年秋至冬初
作于北京孟家大院。

＊注:该作亦无题,现题为编者所加。据丁景唐、瞿光熙所编《左联五烈士研究资料编目·柔石作品未印目录》载,该剧可能即鲁迅在《柔石小传》中提及的《人间喜剧》。

日　记

逝　影

平复　二十一岁　第一册

一九二二年五月二十一日

一回想,就觉到二十年的人生,不知怎样过去!我记得我是一个小孩子,人家说我是个伶俐的孩子。一个人耍子或和同伴耍子,都显出十二分的活动和细致的个性。我的口和眉目的特好,也常使人来吻我。我最爱看图画,所以别人也用些图画来作诱我接吻的交换品。慢慢地能读书,天天地自重起来,成长到稍解世事,由青年期到结了婚,直至现在,一切在我身前却不知怎样过去。虽然常常留心过人生问题,或和几位吃素的妇人谈论,但总模糊了结或弃置如故,总说不出怎样的一回事来。我已经到开花期和结果期了。假如再不想想,以后的生命也无用继续。但是第一事,还是自我的努力罢!

去帆总望着风顺。

天云的变化,不要惊破我心,阻止我的去路。那些微波细浪,总能战胜他。

五月二十二日

　　几天来，竟似醉非醉的和酒后一样。在教室只知有我的一个躯壳，到校园中走走，朋友的目光，也异常闪视我。自己不能说出什么是我所必要，在现在过了，要来的我预先想着。不过，朋友们的笑声，是无意义的冲动罢！否则，明明是穿件白色的衣服，人人常有的事，大家都吃惊地多看他两眼，笑他三声呢？狂人院里的人们，神经错乱了的，决不止一个。我对朋友说，朋友！别说我罢！不是我害什么乱思。

　　幸福为什么不能假借？

　　看一回花，奏一曲琴，愈觉不能安慰。骂一顿自己，在头皮上椎击一下，也难提醒。

　　假定宇宙间仅我一个人，我想一切自由了。但是看，天空的鸟和花中的蝴蝶，何尝是孤单的呢？飞翔栖息，栖息飞翔，都似自由之神一样。

　　天色也阴沉沉的和心同样。还刮着风，弄得梧桐树枝摇摆不定。

五月二十四日

　　雨，你可不必下了！
　　你决不能洗净那——
　　老农足上的污泥，
　　少女面上的泪痕，
　　和我心中的忧伤痕迹。

五月二十七日

下午四时后,风渐渐地将云扫开。太阳和处女一样斜看我两眼,依旧赧然回去。我急着要发泄我的游意,西子湖畔已久矣不见我的影子了。朋友多不勇敢,我激励他们毋须胆怯。并且说:下雨是天做的事;玩,是人事;不相干的。

一个卖蒲荠的女孩子,〔见〕季章同我挑选〔蒲荠〕,她拿去游客遗在条凳上的几个铜子。她异想天开,但还疑惑——不敢。〔她〕只立着,恐怕我们是骗她,〔怕〕我们是顽徒。季章说:这是人类的罪恶!可惜连小孩子也明白了。

快乐!苦痛!在人间不知缠绕了几多年。我几番地想过,总不明了其何来何往。人是绝对值,他不过是偶然加到的正负的符号。这句话是何等地没煞人生的滋味?但仔细地观察,在一秒间可以左右了人生向哪条路,人生的真主宰又何尝有呢?听!笑声的亲热,偶然么?非么?

想到,怕已绝望了!

五月二十八日

人类怎样也做猴子骑绵羊的把戏呢?明明是同祖宗的子孙,居然这一部分,可以使役那一部分。竟有什么不变之理?上帝,请告我!我实在不懂身价不同的话!

看看阶下的小孩子,决待用我的手援他。但是,我不能有我自己的手〈的手〉,怎样呢?

  呼声,不单我有,
    朋友们也有!
  不单朋友们有,

>　　人们都有!
>　不单人们都有,
>　　那唧唧的小虫,
>　　　啃啃的小鸟也有!

五月二十九日

哭,无论如何是没效的。要模仿肩膀上荷着锄望田中去的农民,或手里执着锤看着铁打下去的工匠才好。

五月三十日

写了一句格言:

"愿你成就你心要做的事。"

五月三十一日

今天即古历的端阳,又凑到欧西的什么整洁节(Clean up Day)。适值天气又晴了,阳光也分外的姣好,所以闹得处处是人,——穿着新衣服,带副愉快的容颜,游离淡素一样。我也乘船进西子湖内,拿我所应享受的一份乐趣和那些孩子们一样。

夜里得到父亲一信,说本月十七日晨,产生了我爱,即是我的幸福。究竟是幸福还是苦痛,除了上帝是怜悯我知道外,我自己想不出来。不过一静心,就感到精神界的不安,血也循环的愈快,眼前乐趣,立即飞散!

睡也睡不着,身子明明躺在床里,好似麻绳捆绑了一样。心箭乱发,将过去二十一年中的生涯,能再生者皆应弦无漏。看看一弯新月又很好,且好久没见她。想起来到她的光波中数数我的未来之步!

六月一日

老实说一句,我总说不出自己等于什么。"人总是人",谈何容易,证明这一段,我恨不自成科学家。这个就算是我了,躯壳的外现和内心的要求,相差太远,细至一毛一发我也不能自己管束了!

我是自己的我么?否则,自身的事,会难解决的?

六月二日

依着运命摆布,似无舵之船的在海洋中飘流,目的之岸,万难抵达。违反了,却又难能,而我又不愿,——逆流是不惯行的。怎样呢?人生的乐趣,究竟怎样向着适合之路上去走?

只有假设和想象,是毕生一切安慰的幸福罢!

夜中月色颇好,唯似忧闷者之心的模糊耳。我和影总两相认识,而且一切神秘亦互相了解。不似人们的个个中间隔着一条望不到边岸之河。

六月三日

几天来,天色温度都一样。

早餐未吃,五时半起来照常读 *True Citizen*。一时后,就到校园里坐着读我的《少年维特之烦恼》。当一个朋友问我时——Have you taken breakfast? 就简单一句——吃了,明白而且完结。何必实说使朋友们对我异样。

我对朋友说,我大昏迷所以多懒懈,而且自己亦几次的难疗此病。我现在想到了,只有我唯一的爱人,给我一个誓言的信,——若我的努力没希望,伊即同我焚烧关系了,这样的深强刺激外,我再难抖擞我的精神向着理想之路费尽心情跑。朋友说——可假定么？我愿费神。我说——我自己已多次假定过，总不能实现而且相差太远！

六月四日

我很景仰伊之美，在不谈不笑间；谈笑间，就怨伊之美是不真洁了。

当我们晚餐后在水星阁边散步。一位老婆婆和蔼而亲热地走近我们。我想——告我们什么神秘罢，否则，就请求我们的指示呢。惊骇极了，听完她第一句话"先生们，给我一个铜子"。

六月五日

我最恨是爱的不能融洽，不相了解。晨间朋友们也谈起来。一个朋友说，他费尽内心的运算和措置种种的方法，倾注到伊的周身，想酝酿永久的爱力，——结成夫妇。但伊总百般回避，说这是一切苦痛的渊薮。究竟是否渊薮，谁也不易猜得。不过自古即有例，青年们多不能明了。虽则这是人生最幽秘奥妙之事，而且超脱知识、意志之外的；但必有一次可以想到的。

季章说，要追不到快乐的人生快乐，只有暂时错误了的幻想！我对于这句深刻而尖利的呼声，竟麻木了周身的灵肉。

六月六日

无论人生的目的是在什么，在事实上确可证明一般生物的本能是欢喜快乐而回避苦痛。但是快乐不能得到而苦痛不能回避的时候，以后的生命，将怎样维持？

瞻前顾后，身如处在白茫茫的洋海中之小岛上一样。想除了极慈悲的鹏鸟——大孔雀也一样——来挟我飞出外,只有送给大鱼,隐匿在它的腹中。待它被捉到市场上剖开了腹的时候,我可庆幸再生了。

晚餐后,同几个平民夜校的小学生滚铁环,却一时快乐。这是不能想到的。一则也因我几次得着胜利,助长我的雄心,但不完全以此。维特说:"每日和小儿们一样过活的人最幸福。"我深信不疑。

天气很好,虽蒸热而惠风和畅。惜功课羁累太甚,没留心招呼它。夜中月色,幽美爽人。在光波中浴着几忘了时空的督促。可惜朋友个个太没幸,有的战败于疲乏之魔被掳去囚在梦牢里;有的却错误了注意,用残余之精力到路口的电灯边的书里。不过是幸也没定,否则从我所得到的〔是〕带着几分的悲伤呢?

六月七日

在下午七时以前,感觉一切消失,所以刺激也浮泛地在身前过去了。别人的话也不知其意义所在,——劝慰还是讥笑。

将未成熟的果子,供献到市场里,取时髦的招牌,被人啖啜了皱眉远弃,这是售果者的罪恶呀!且未坚实的核子,又不能抽芽成长,果子生长的原则倒反被破坏,这有什么价值呢?

六月八日

花已放葩了,我还不是园丁,没有园丁的才智。委托罢!给自然抚爱,领受些春风夏露秋雨冬霜,美丽的成长。

日薄西山,是夏日整日里最好的一段美丽风味了。朋友们不能去西子湖〔和我〕做伴侣,我就在校门徘徊了。来了,缓步来了,一位婀娜的少女,——从未见过校边有伊一个的。毫不陌生地微笑着。且咀嚼点什么,同几个已在牧鹅的儿童。一会,去了。我焦灼之心,油然而起,随后知道——一个作客者哟!

六月九日

真的,这是笑声。从那几个女伴的心琴里弹出来的,以先,确是我听觉的错误。但我问,笑声和哭声是一样吗?

六月十一日

追述昨夜泛舟圣湖的事罢。

到昨夜,才不知不觉的证明人生真趣的归附和苦痛的存在了。以前二十年,不知怎样梦幻过去!今天的我,昨夜三潭印月里的我哟!我也早已想到——因月夜游湖已多次了。二年前的中秋那夜,简明的印象还存脑中,几个旧客,也可证明。况且这种享受,比奖我以勋章,还多着多少倍的记忆。我那时想,我的生命之花的适合,种到水边山麓罢。被着我,喂着我,时时是风霜雨雪雾露云霞和日月星〔辰〕的美液滋乳!蝶哟!虫哟!我的歌舞之友罢。但永没这样显露,使我明白了解。

我七人——逸山、范予、季章、寄慈、友生、青溪,在昨日晚餐前,计划就定了。

六月十六日

唉!我不知功课将我身投在忙碌里,竟如此的沉溺着莫名其事之真在!细细想起,五天内不过测验两次英文,也易易的;还有一篇经济问题,也不算什么,我竟非我,泛湖的记载中辍了。续下罢。

模糊仿佛,在我脑海中我们的瓜皮艇儿摇摆离岸了。一桨一桨地将我们送出湖滨,使我们的灵魂渐渐的清明而一致,和西子钟情混合了。太阳方西下,灿烂的云霞,红黄紫褐的漫布天空;倒影湖中,似湖底的火焰。微波闪烁的又如西子装饰的金花。半时后,东山树林里又慢慢地送上金轮,隐约枝柯中;若处女夜妆,腼颜含笑地出来。一张湖面,又姿态变更,波摇金影的。从辽远的天边的月宫里,又辉射出一派金丝的彩光,透〔过〕幽淡净静的长空,走过湖面,直和我的目光相接。我的荣幸,我坐在自然的船里和一切亲爱的接吻;我身好像飘飘荡荡的在〔有〕许多处女的闺阁中谈笑;灵魂早到融洽无间的地步了。说着、歌着,朋友个个心醉了。而且这些山之神哟!水之神哟!月之神哟!个个赤裸地在眼前呼唤、诱惑,我们也身不自主,率性而行了。快乐到一切失去记忆的时候,谁能受不自然的管领呢!

三潭印月到了。美的爱似立着而叫我。踏上岸,几个 Foreigners 在着。瞅我两眼,似乎对我们有心得的同情。不过我一方面自恨——怎的不见中国人呢?

我依在潭边的栏杆,思想已到不能活动的地步了。只昏昏的有点感觉的意识来刺激我情感的冲荡。我呆呆地只知白光的水,青灰色的天,和淡褐色的山;堤上的树林——一枝一叶也和堤下一般。蛙声呱呱的嘹亮而大胆的叫着,萤火闪闪的幽烁而细致地照着,月儿也跑进云里,〔和〕笑出天外的少女在林中捉迷〔藏〕一样。——一刹那,一微点,在我目光中都发〔生〕了奇异的现象。〔说出〕"人在人间么?""我都非我"的话了!几个朋友们,实在好笑。他们唱过了,叫我歌。我歌,我歌我的歌罢。

    西湖荡我心魂兮,
      绝于尘埃之外神的太虚;
    西湖濯我衣袂兮,

超乎万物之表与世长遗。

　　在亭中过宵,我心愿的。但我的心灵,已眠伏在慰乐我的摇篮里,与睡眠之神相谈笑,又何必催眠呢?永久不自主而遂心的命令的躯壳,又何必加他条件呢?

　　九时半,船儿依着原路出发了。

　　饮酒——剥果子——吃糕。

　　月色在我们四周跳舞。

　　辽远的优悠的歌声啊!月宫中的天女传给我的吗?依在大气中一浪一浪的送到耳边。朋友!谛听罢!——笑我们的枯干,笑我们的单调!永久无伴的朋友,人生真正的意义吗?——我们到死都不能有一次的发现的!——何等伤心的话哟!狂歌着——

　　　　想嫦娥,东出西没有谁共。

朋友!轻些罢!果子的核,容易打破人家的心罩。我们所有的,都是释迦的遗训哟!

　　　　船飘着。
　　　　划子打桨。
　　　　　在包围我们的,
　　　　都是有深远的思虑的沉寂,
　　　　或悠久的韵调的微音

　　岸到了,车夫慈善家似的叫着。朦胧暗淡,冷寂,一齐也都驾临了。

　　长片的月夜游湖的影戏,断续隐现地在我脑中回转。

六月十七日

　　昨夜做了一个好梦。和朋友们说了,反遭鄙薄的讥笑——我的居心太坏了。我老实说,我们的理想,恐怕只在梦中或死后可以达到。何必反对,剥尽我们的侥幸呢?

六月二十五日

几天来天气蒸郁,懒做事。

我愿意做诗,而不愿意读别人的诗,更不愿意讨论什么诗。我说我的话,是人生必要的,别人的话,我何必讨麻烦呢?其实也无所谓"诗",无非一时神经的变态罢了。

六月二十六日

自以为夺得锦标,从动物的竞争台上。而且以为依进化轨迹,直线的向前运行,到那灿烂光明的一点,其实怕不是春蚕自缚罢。无穷直线联接不尽的刹那之点,从一端空洞昏暗,向一端缥缈朦胧,怎的有一段全乐的存在。在梦中的朋友!看,那金鱼掉尾而游,水波潋滟,只有他能回到其中的一段。墙角的秋〔虫〕,吱吱唧唧,和谐幽悠之曲里,充溢着自然歌调,无论如何,总不似人们的忧伤。

退一步想——假使我们的父母,给我做个牧童的伴侣,田场是终身的坟墓,树叶是避雨时的庙上之瓦;我所得到的愉恬,从犁锄的柄里,或者水牛的背上,决是丰富美满些。而且一曲高歌旭日斜阳里:

> 日出而作,
> 日入而息,
> 凿井而饮,
> 耕田而食。

做自然之嫡子,比现在不可解释的忧闷,确澄清百倍。我的祖宗哟!逍遥至乐的庄生,反璞归真的老子!我,一班漩涡中的不幸者景仰你!景仰你的真美,真美之爱中做个自然之儿!

六月二十八日

雨如倒珠般地下来。

六月二十九日

朋友多时常笑我,更有时话吐半句,我不知他们的用意何在。不过有几次确是他们的痴痫,不是我神经的错误。

四海茫茫,五洲浩浩,我一粟耳!怎的总感受任何地〔方〕之不能安我!

七月二日

本来是不奇的,大家愿意说奇就奇了。吃饭、穿衣服,仔细地想起,心也要呆木了。

很大的雨,湖滨渔夫很多,看来很有趣。我立在旁边,也沾他们的光。因一个可爱的小孩子对他爸爸说——都是钓鱼的。

七月三日

人生是一出大把戏,生活都是娱乐。呆板板地做人,摆出庄严的架子,至死未发一笑,人反企慕他,竟有什么趣味呢?这种固不足论。饿虫在肚里时时叫苦,寒魔用着冰冷的乱箭射他,雨师风伯又没情,常常作起资本家的咆哮来凌虐。处此以下的人们,虽无用谈起,却也难证明——人生的娱乐。

当我心和自然之女会合,就是神经界刑罚的那时。

七月四日

夜里做家梦——母亲告我半年的情形,欲梅妹快活的玩弄我给她的纸球儿,伊诉伊的凄凉,和怨我夏假不回家的消息。一切表现出下星期现在的我了。不过,大妹妹!决不能领玩我的玩具,在这世界以外了!

大雨已淹没了禾苗和低屋。我心也闷的更慌。拿本书至手工教室前面读读,心里似混混沌沌的入魔了。雨将我的身蔽着,且奏出动〔听〕的美妙的乐音给我,我也不愿意享受了。

我祈祷太阳,加倍你的速率运行罢!The soonest the best. 我的心流真实不安,胡乱的波荡冲动!雨,也可止了,明日出来,完成我的美!

七月六日

说起,处处是悲惨愤恨的。地球确是刑罚人类的囚牢啊!终古不息的转动,以万物为刍狗,没半点恻隐之心!

七月八日

夜里和朋友坐在西湖滨的石凳上,树荫遮了我们。明月在天空微笑。优闲的人多极了,走过我们的身前,只有一眼的情面。朋友说,怕我们老死如此,没人用笑声来安慰罢?我低头不答,听听伊的笑声也似乎赠我。

七月九日

同学们个个整理了一切;心里藏着点乐意,脸上现出了笑容,殷诚和满的告别了去了。在我的推想中个个都是战胜归乡的壮士。两个车轮飞滚着出发。我也决定明天起身。一位朋友对我说"光阴真快哟！来了不久，不久又可到家了。"可是我的时间感觉正和他相反。

无聊的到极点了！走着跳着，歌着笑着，在我耳边眼里变化的人们，都去做起家乡甜梦了！满室景象凄凉，废纸铺地，灰尘飞空，电光也超常的暗淡幽阴，照着一切，都反射出离别愁情。空气静默，的毫不流动，只有成群的饥蚊，在其中作悲伤的号哭，如流离的灾民一样。我没有富有的资财，供彼等的索取，我几乎要滴下泪哭出声来！我不愿意独自坐着，受此孤孀悲态。我又不能梦，我只有起步，向那西湖之巢里出发了。

唉！到处都是没情的！西湖也不容我了！我似乎再不该在杭州逗留，不然，如此的湖山大地，怎样没有我的位子呢？并不是我责尤人，实在是喜新厌旧的西湖，太欺负人了！

我就在绿荫下的碧草里坐着，人们谈人们的秘密，只有幽明飘荡的月光给我多少的同情。我由坐而倦，由倦而朦胧，由朦胧而昏醉痴狂了！起而徘徊，听姑娘们的笑声，看小孩子的哭，买颗桃子学猴子的吃着。

时候九点半了，借人之力，我即回校。疲劳之神驱我长鞭入梦了。

七月十二日

两昼夜，将我从杭州送到家乡，我真奇骇！

一路的风味也好，不过使我最不易忘了的，就是那火车中的纸花，爱结成的纸花啊！五六个伊，一看就知道学校放了假回家的，和我们一样。最少的一个，执着一撮蔷薇花，没有常识的乡人，定说是真的了。挂在我坐的前面和我的目光成个最近的直线。我不知怎样,我那时好似在花园中一样,接着我的眼,都是妍娇鲜艳的花呀！伊也时常转眼看我,朋友也多次说我,可是我的心被隆隆的机〔轮〕声打破,一切不介意了,所想的就在沪杭路的加长。

从上海到宁波,从宁波到薛岙也平凡过去。

到薛岙还是昨夜子时以前,这是破天荒第一次的早到了。行李处置妥当,就和几个同学出发步行。"归心似箭",谁可笑我呢？载走载歌,足也加倍的轻快。而且明月山光,愈显家乡可爱了。

到城中天还没有亮。敲进门,惊起爸爸、妈妈和家人。问了安好,心里也极快活。跑入房,抱着了我爱,又吻过了我的宝宝,谈了些话,多少天的不安,宣布平静故态。

七月十七日

几天来整理杂乱的书物,身倦疲乏得很。可也不止此一事是原因,我心必戒。

思想迟钝到极点了。在我周围,一切皆空,物物都〔被〕朦胧的浓雾笼罩了！素瑛说我有些痴,爸爸说我负债一样。我痴了,我也负债了,其实哪一样可以猜出我心之谜！

朋友信来,约我去看丽者,也无意义。同是一个人,无非轮廓完美些,皮肤娇嫩些,体态袅娜些,又何苦远道访谒呢！

七月十八日

种种意见和我不同,我的计划又难融洽。我本来知道所谓爱,是肉体上的一部分。我和她说——我未来的路程,决定怎样,假使渡不过崑崟的山巅,宁掷身在阴壑深谷里为狐魅所吞噬。

夜里计算一夜的生命之账,结果总是破产。我精密的判断——这是我恻隐心太富的缘故,理想也被人道所支配了！现在想起,怕已绝了方法。唯一的路,走上周赧王所建筑的避债台了。

七月二十日

下午四时后,一个人坐在崇教寺的路边石上,兴味颇浓厚。满目苍翠,天地真是一个庞大的花园,不过紊乱的彩调和凄荒的冷色,总缺乏人匠的智慧。清和的东风阵阵飘来,听得似甜蜜的幽脆的爱者之微笑。稻浪闪烁着金光,树叶摇曳着翠肩,蝴蝶飞荡在蝉声里。我恰似周岁的婴孩,昏沉在母亲怀中。我梦寐的想遍了曾有的一切,应和路人的经过高谈他们自己的事。

"文学家是人生〔社〕会里的记录。"我绕了一象限的域垣,到南门外回来,支配着这句偶现的定义。

七月二十一日

给季章信里的一段〔话〕,写出我数日来的居心。——山林之风,终朝不息地吹进我的心窝,生命之花动荡着。我可预卜,将不久,就被此风所风化了。

七月二十六日

路,愈走愈奇,到什么地方竟全然不知道。深深地通到山谷,固是我唯一的心愿,但荆棘纵横,步步是我前途的阻碍。歧路南北,处处为我后顾所忧心!几个牧牛的小朋友虽告诉我不曾错了目的,但实在心慌,不能安心踏去。

七月二十七日

天久不雨,农民之心,惊张无似。

七月三十一日

想不到——

赤日炎炎似火烧,田中禾黍半枯焦;
农人心内如汤煮,公子王孙把扇摇。

正其时矣!

八月一日

我和伊在灯前细语,旦华——我的小爱,在床里睡着。月色从窗隙中送来,也温柔的可爱。伊诉说完伊的愁情,而且要我扶助。更深苦的大事,使我不能不有多少的运筹!不过,我总对伊说——你是个裹足的小孩子;我虽是能攀援藤树的男童,对你实在无能为力,扶上高枝中!

八月二日

到处可以知道,无论谁的心灵里,都蔽遮了一张薄膜。可惜有的太甚了!人类不和谐,全是心的不透明的缘故,所以隔膜重重,彼此生疏猜忌,不能互相明白了解。二位朋友,我都知道是一样,也算是较难见的人了。偏生误会,互起谤毁讪笑。一个说——他这件事实在私心过度。一个说——他这件事实在行之非宜。令我酸心,良可惋惜!社会教训的不美,抑人类究无真善之一日啊?

我早承认,事实和理想相差甚远,成个反比例,倒也狐疑到今。今天×会的成立会,真使人明白!二十位发起人,与会止我三个,闷坐了四时,以打象棋作结,真是神明莫测罢?人们,血性太少!

晚间雨来,是枯干的苗之灌溉!农民个个开心,饮了甜酒一样。相聚喧哗,高声感谢天公的慈善。一位年轻的小农友说——若能断续下几时,田中的水怕不随意么!园里的瓜菜,也能忽然茂盛了。今年的稻苗特别青,菜也异常熟,明年的肚子不是再似如此的空虚了!

八月三日

能猜度到结果是表演出这样的一个社会,我们老祖宗盘古皇帝决不愿做开天辟地的创世主人了。虽然十六万万的人类,一个个各如其面的动物,就是如来再世,也无所施其妙法——使人间圆满。何况是凭着一个或几个头颅,演一番无影无踪的作用,就能使种种合着模型呢?并且还沾附着几十万年的兽性遗传——两翼四足的丑态。不过现在世界舞台上的人类剧,演的实在看不过,和真正的理性发达的表示相差太远!更甚者,就是怀着慈善家的心,有木匠的计划和手段,改筑破旧房子,而有许多什么"方向不利""年庚不合"的鬼话,来阻止妨碍!这是何等地可伤心愤懑的!

得过且过,实在不是良心的教训罢!

八月四日

上午和三五个孩子,游戏了半天,倒很有趣味。儿童是快乐之源,这句话愈觉可信。他们有的裸着身,有的赤着足,但他们却全然不知饥寒之交加,捉些活泼泼的鱼,直到日中以后。他们只知他们自己有赤裸裸的身体和活艳艳的自然界,一切罪恶魔王,他们看到好像古庙里的木偶,无能为力的!

儿童是快乐之源,没快乐的人们,请快到那源里,去汲取快乐罢!

八月六日

晚间,大风来了。天和云共同的张起黑暗之幕密布了天空。狂雨也倒珠般地开始了。一般父老,忙碌异常,好像云里放下珍宝在大地翻腾一样。而几个有见识的人却这么说——田水是无用过虑了,若下到半夜以后,那溪边的地,怕又是去年一样。

八月七日

昨夜下了一夜不息的大雨,还夹着狂猛的飓风。溪水泛滥,南门外是白洋〔洋〕的一片了。棉花番薯都被浸没,青豆黄瓜多被漂去,多少农人,都纷纷地在那里叹息叫苦。拔倒流来的大树,他们有的撩来算是赔偿损失。

还有许多不坚固的房子,瓦片飞起,墙也倒了。一夜的困苦,都怨天作之孽。

处处传来,都关心于大水的事。东乡的塘田溃决了无余,住着的人和屋,也有被吞去了。南乡北乡,摧残真正不少。处处传来,都关心于大水的伤心事!

一个人又来报告身历的大水的艰险了。他说——夜半十一点钟,家里的水已经平膝了,合家起来都移上楼上。只有那匹驴子,愿死,不肯走上楼梯。没二点钟,大水已满上楼板,水势也愈急,我们料是出屡了。那时心里急甚,但我已预备若水来再高,抓上梁里;若再高到梁里,只有随屋而去,羽化而为水神了。幸得未久水势即退。那驴子已被龙王掳去了。他的话完了,我心寒而怕,以后也随着笑了。

八月十二日

老天将和人们作敌,第二次的风雨又暴烈地来了。一场水患,又是不免!

果然,是第二次的水灾!

八月十六日

伊十分劝我,这是保养身体的第一事。可是我想起,毋用其为保养罢!因为我的身体愈摧残的快,愈是我的幸福,又何用其保养为?我固然晓得克欲是健康的第一要诀,但克欲未必是人生第一要义?

八月十七日

人人都说改造社会的起点是提倡教育或实业;我却以为只要提倡娱乐——真正的人生兴味的种种娱乐更好。人生何处不儿嬉?社会的组织里,哪种不是含着娱乐性的可以永久存在?可以尽量发达?这件事很好,这块地很好,以及这些物——虫鱼鸟兽花草书琴,没一样不是因为它的娱乐性娱乐量多些大些作标准。儿童是人类最有幸福的,实在是以儿童的世界是一处庞大的娱乐场。可惜古今来,许多人都见到儿童,没有想着自己,天天说些半傻不呆的话。——怎样是真正的社会,真正的人生,其实愈说愈差,愈走愈远!所以我敢大胆地对改造社会者说:要表现真正的社会,先要提倡真正的娱乐!

和昌标在信里说,一个人迷失了路,在阴气森森的晚山中,荆棘丛内,多半要祝愿——上帝!慈悲些,解脱我罢!否则救济我,我愿乞食和善的虎口里,——这岂不是死之梦么?但是,我现在正在做这等梦,天天在做这死之梦啊!

八月十九日

　　我已决定在今天夜半动身返杭,而天雨又来了。素瑛为我整理一切;她的心很愿老天大雨,我可以再停几天。她并且向我说:"雨不会晴了,你可以不必急罢!胡君怕也不来了。"——"我何必急,我是永久不急的。"不过很觉得神经界的错乱。

　　下午,雨停止了。老蝉开口,青天又可见了。哥哥为我叫好轿子,爸爸妈妈嘱咐我几句,我就和她眠在床上,漫谈着,默着。想那太阳步步跑进西山里去。

八月二十日

　　轿夫在叫门了,钟打两点了,我也起来。星斗满目,云汉横空,晴兆显而流露。可是寒气微逼,四野寂寥,豆灯暗淡,显出离情凄楚。兆虎和他哥哥——担着行李也来了。吃了点心,一切预备妥当。离别之神随了钟声刻刻地迫近,心情十分酸软了。伊坐在房内,抱着小爱垂首默着,眼眶饮着泪稍呈红润。我立在伊身边,坐在伊膝上,心神恍惚,一切好似在眼前消失了。伊低缓地说:"可去了,横是要去的,望早些回来。轿夫也叫了。"——"一切我都晓得。"吻了伊一脸,又吻过了小爱,辞别了爸爸妈妈哥哥等,坐上轿,开始我的旅路了。

　　轿中睡着,眼一开,天也明亮了。天空中的彩云,四野里的清新林木,和浓绿的山,都使我发生异奇的感觉。嫩娇娇的润柔的禾叶,禾叶上的亮晃晃的小露珠,都好似天公的有特别用意。但忽然想到,我的前行方向反转南面去。

　　到薛岙。

跳进船,船开了。

一位十四五岁的女小学生,舌头无骨的很打动我的心。灵活的眼和柿子样的唇,更使我起味觉作用。我不敢问她,恐怕冒犯那些虎视眈眈的人们。

八月二十一日

宁波到了。

八月二十二日

上海又到了。

杭州就在目前。

九月二十日

一驻笔,我的工作不知停顿这么久了。我只觉一刹那的过去,恍恍惚惚的过去了。

我极似黑夜的旅行者,在地球上行走,只觉得有我一个。凭着本能的发动,向远方走去,一切在我身旁都空空似的。

九月二十九日

这是我常有的一种幻想,而且我的意志也愿意照这样去做。——我一天不写一个字,不发半句言,不做耗费人生的一些事,单身空手的想,率性随心的去,山也可以当我的床,水也可以当我的蓆,鸟兽虫鱼都是我心之交谈之爱友。那就是真实的我了。

九月三十日

处处都似有神一样,驱我时时作想。今天更特别,有超凡的活动的思考,来演起相近的四十天生活的记忆。从火车的汽笛报告我已到了杭州以后,就觉得内在的灵魂飞失了一部分。所以三餐一宿的传递,好似飞马过空一样。和天授看荷花、游西湖之夜,缥缥缈缈如神仙过海,我也决不易流失自记忆中。一次二次的飓风暴雨,经过了几天昼夜,我们也深恨长嘘——雨师风伯之无情,翻高邱为泽国,演出人生之惨剧。有时也和天授至音乐教室之廊前,看树木的摇动,花草的残零,纵风横雨的景象,谈些艺术的动的美的话;有时也吐些未来的要求和整理人生的话。但一切都过去了,恍恍惚惚的过去了。目送朋友去,目迎朋友来,也不止几个,完全过去了!开了学,课堂的扶梯上一上一下,也不记几千百次。教员换了面目,校长亦是新来。各种建筑物的拆下、修起也不止一处,都无从记取了。明明白白所可指示我的,证明我的过去的,就是那水银柱的低降和日历的少薄了。寒蝉声息,红鸟影消,瑟瑟金风,惊起未来之梦了!

夜中不能成寐。和逸山、乐我在洋烛灯前低谈明年的蜕化,真情绪凄伤!大家诉出了生平志愿,在山顶高呼,而且做上帝的嫡子。床上睡着,满腹都是过去未来的影事,辗转、追求,忘了钟声的夜半。

十月四日

忽而烦恼,忽而快活,我全失了我的所以然。我孤零,好似世界里的臭物我最像的;说了一句话,毫不见吹动人们的心。我只有诉说自己的话给自己听,被摧残的耳膜,想也不十分不同情。朋友来,大家开口谈笑,和计划明天中秋的过节,而且望Y女士的来。——伊已被藏在我的心〈自传给我伊的风姿和才干了〉几日,我的心就非意识地摆荡,表现了痴的醉的怪象。大家说我,好似非我一样；大家笑我,反觉是我的荣幸。苦乐不常,悲欢无定,这是我几日来的生涯!

黄叶无风自落,秋云不雨长阴。这是前人描写秋景的绝句,我不禁为之朗诵三声。

十月五日

今天是旧历的中秋节,可是天偏下起丝雨来。我不为自己或朋友忧心,因为我对于那种秘密也忽然清醒了,——我不能再贪求吗!我所忧心,就是想到一般工厂里络丝的姑娘们,不能头里插枝桂花,到湖滨玩玩,而且联想到划子的希望亦被剥夺。

我本来知道自淘米自烧饭,吃来味厚些。今天几个朋友果然买来肉,自己烧,吃的与平常不同。我自恨"怎的吃不下去了",连大家都笑起来,算得一时之乐。

许多人绕着她〔说〕话,我又何必跑拢去呢?她的心已够快乐了,又何必再要我去助益?假如一个人冷清清的坐着,就是诱人的姿态差些,我任牺牲了什么都愿和她作伴。不过这是我的想象罢了。

下午同一位先生二位同学到西湖赈灾会去看古物展览。雨也停止了,阴云仍是满天。我们从湖滨出发,雨后的世界,也清新幽静的暴露出来。

处处去参观过,金石书画和我心的交情,也不十分浓密,所以都疏松过去。一位大力士名刘伯川者,我十分的佩服他。他运起气来,横卧在几条凳上,用千斤的石板压着身子,再以两个铁锤往下敲,敲处适合着气运在心口上的一点,石板竟纷纷的碎了!他很勇猛,而且又和气,我不能不佩服他。假如朋友来告诉我,还疑心他是说谎或加增。

夜里仍没见月,我也不愿她给人们赏。月是夜夜有的,且三十天中亦能圆几次,何必要今夜有特别的看待呢?烦噪的乐声,一浪浪的送过,窗外的宇宙我知是神们占有的!我不能蹑足其间。

十月六日

夜间总不能成寐。一睡到床,我的心就如飞马般的出发奔走了。从缈缈的过去跑到朦朦的未来,从遥遥的地角跑到杳杳的天涯,绕转了太阳,穿过了万物。夜半钟声到耳边,方才舍了母亲似的入梦。如此已几夜了,我也不知其中缘故,心里倒反照此为安。

她来杭,他已去看过。天哟!这样消息怎的要传到我的听神经呢?我难过人们受罪,这种受罪也和我一样,笑声和哭声是不易辨别的。

泪有二种,我和朋友说。——从眼球里流下来的,是眼泪;从心窝里流下来的,是心泪。眼泪是有形,有人知道有人怜惜的;心泪是无形,无人知道,无人怜惜的!眼泪是容易流尽的,心泪是永远不能发泄的!最苦痛的人是泛流他的心泪啊!

明月步出东山,我坐在花园中,从枝叶中窥过去,好似伊也不愿意见人们——最无情的动物一样。宇宙呈碧黯色,大地反射出青灰之影。我在影中,我心立成澄清过的蒸馏水,我的眼珠也变作X光线的发光体一样。我能完全看明了全身的组织,和好的病的部位。而且还能细察朋友和自己一样。

十月七日

许多人笑我——做事都裹着了秘密。唉!这怕不是人们的不明白吗?天赋我特权,我在人间表出我非黄帝子孙一样。连那小狗都对我白眼,小草都见我低头。我在任何内,都如陌生鸡之冲突孤零。自己的泪只有流到自己的掌心给自己的舌舐,甜酸苦辣都由自己的味蕾去分解。人们的不明白,好似夜里一样,决非我裹了秘密。

夜中朋友说,——上帝生人,本是为地球上热闹的。赋人以智慧,本是安慰人的无聊的。人怎样都错了目的,处处不调和,——地球上不热闹,人们也个个无聊。皓月溶溶,轻寒袅袅的良好秋夜,青皮光棍似的,独自在床上辗转着,真的吞炭自哑啊!我听到不觉为之默然一笑。

十月八日

浓雾罩了窗外的地球,梧桐树和冬青仿佛微笑我起得不时,遭着云雾昏腾的世界。

同学纷纷参观浙江潮去了。校中冷落。一片操场,杳无人影。花园中凋谢的桂花,孤枝惨淡,似乎低头叹息,人是最无情的动物,惯向热闹跑的!我不觉在伊的荫下呆立多时,表明我不是无情的一样。

下午到各处走走,湖滨街头,也不见有她校同学的影踪。我更感奇怪,普天下的人心是同一?

十月九日

吃过中饭,我们在〈学〉校园散步,天宇密遮着愁云,金风微动着落叶,一片惨淡凄凉的秋景,在我的两眸中不觉刻刻发生了一个Exclamation point!

跨过了被大风雨吹倒的围墙缺,踏过了被一师兵架起的板桥——校园三面环运河,与河彼〔岸〕不通路,这在我们是罕见的事了。——向梅东高桥走,再向水星阁盲目的去,我们全不想及这在我们将成一次小旅行。

艮山门到了。在我们的心中刺激着多少倍的游兴。普遍的乡间风味，一村一庄的人家，桑林带点寒色的静立，老妪显出中国闭关时代的古风，菜和草作同样体态青青的，满目中好似对我们说，他们于人类有同等的功劳。

我上城。踏上杭州城头，这恐怕还是可记起的第几次。不过赏玩到如此的秋天风景，还确是 First time 了。我也不觉十分希奇，因为五六年前和几个高小同学在宁海的城头上环绕，也有如此的一段情景。

走到庆泰门，下了城。过了条乡间似的街，我们就找着〔路〕回校。校里的大钟已报告我们：你们出外三点钟了。这是一次小旅行。

十月十日

一场好梦，也是我作客他乡的安慰。我眠在一间华美的房的床上，在我脑中袅娜的意人儿，坐在我的身边。许多人忽然出外了。我就邀伊同睡，好似对我的夫人一〔样〕。伊再三说不好，这在我们有礼教的关系。我恨极礼教，而且说伊是一个未明了人生问题的女子。最后，伊的娇态终为肉欲所感动，伊的贞洁终为我的真义所战胜了。

今天双十节，校中放了假。杭州各界有裁兵运动的大游行。同学也出发。我好似热血已枯涸，也无心出去。

我一生的希望，恐怕就是我一生的失望。不过我总不承认自己是一个败仗的庸夫。我的生命之台，建筑在我的妄想中！我如遗落在街巷间的孩子，我固无所归趣。只有看到一个妇人，即使我仰目流涎，低声拭泪，悲苦层层的加到他身，只要求在此得点微弱的刺激的自觉！或者深渊翻幽暗之波，神们在水中征召，他可去作龙王宫里的书记员。

十月十一日

天气加冷许多，自由者再裹上几件衣服。我的足指悲告我无数受凶荒的哀民要成冻僵！

我的一般感觉，今天完全不好。灵魂好像高挂在天空，被天狗咬住，不安而且恐怖。身体好像不能自由行动，说的话简单可数，两唇不易启闭一样。我固明白我的心被朋友的教训痛打到粉碎了，——我的雄心只有在我脑中隐现？而我也决不能找一条来实现我人生的证明来。我全是梦，我不得不开始做我的梦了！

我一生的失望，恐怕就是我一生的希望啊！

十月十二日

我不该说话，讨些无谓的纠葛，使我明了，——我前途步步是铺满失望。对人所表示都用"点头"来代替所谓"是"。我今天除出上课听先生讲——不过这也是表面的敷衍——和吃厨房的饭以外，我与外物一切无关系。我愿从今天起将身子锁在自我努力的囚〔牢〕中，到我的罪恶〈补〉转而可被上帝宥赦的时候止。

十月十三日

儿童本来像一个皮球，不愿静而愿动。再拿一个皮球在辽阔的草场上游戏，如青浪虾在清潭里滚身似的，真使我在柏树下发呆了！高高的踢起，远远的抢着，一击一击的反抗，一足一足的打旋，活泼灵动的在散沙里、疏草上浪漫着，个个似神仙之子。"儿童的快乐是纯粹的快乐！"他们完全不懂世界上有所谓黑暗、苦痛、矛盾和凶恶等字形。他们只愿听笑声而不知泪的重大意义。所以拿儿童纯粹的快乐世界来比我和我们的泪的世界确是全相反异。一个人,他在柏树下发呆也是应该的!

一位先生对我说,——人生要有坚固的自我幸福的保持力。悲哀和快乐不可为外物的刺激所转移。唉!我何尝不明了,不过人总没有独立的存在罢?要寻自我幸福,非到没人迹的深山和没人影的远海不可。

十月十四日

偶然之中写成一首散文诗,自己觉得还好。我常想做有小说的格式,诗歌的音韵和戏剧的风味的一种文章,熔化各种的精华在一炉而陶成新物。总恨自己的能力太薄弱了,什么都是我的梦!但今天又得到一种新解释——在偶然之中或者能现出偶然之果,而且宇宙上的变化都可说是一时的,偶然的,就是因果关系,也不能有一定的线,不过凑准些罢了。自然界的公例,物理学的定律,谁也敢信为天经地义呢?这虽是侥幸派的人生的话,但我确相信,所谓真、善、美,可从偶然中发现。随意翻翻什么史上的事迹都易找到。

十月十五日

地球上的人们,可分二种:一是真的人,一是假的人。那自以为超动物的真正所谓"人"的人,时时有无意义的快乐和荣耀藏在他肤浅的心脏里,或者夸张在人们背后,引诱在人们身前,这种人是假的人!终身好似宇宙间无能慰藉他的心的事物,他是人间的孤零者,苦痛在他的四周缠绕,幸福在他的目光之花中隐现,空气包围他有异样的冷淡,真理要求他有无穷的严酷,这种人是真的人！几个朋友情愿做假的人，我也不知什么缘故。

无论在什么会场里，我总觉〔得〕有一种共通的刺激——不似同一样的人，不是同具真诚的灵感的人，个个如雨后春笋，想出人头角超立在山中一样——这种固然可说是动物的本能，蜂蚁等也同赋具，当〈他〉团体集会时细细的观察，也可明显的知道。不过自号超群的所谓"人"，这种"同而不和"的要求，是错了所谓"人"的意义罢？

十月十六日

"情"的一个字，太盲目而无凭据。一个她偶然听到的他的佳点，就时时刻刻的做他佳点的梦，想在他这佳点内过生活。而且时间与她的想象俱进，空间观念〈的〉在她四周日见狭小了，佳点日形扩大了，她的一生就在被空〔无〕构成的他的影中过去，这真奇怪之极了！我说，情是在心理范围以外的东西，自己愈见相信。

十月十七日

今天合旧历是八月二十七，是孔子的圣诞，又是我的生日。我心里也似乎有些快乐——各机关的放假，我也荣耀的关系。孔子是我国四千年的圣人，主张泛爱的一个博学多能者，集古文化的大成，而为后世所礼拜，精神不朽。我信里对爸爸和妈妈说：复在今天，岂不多一番自我的信仰呢？我不愿做今人底古人，我愿做古人底今人。

十月十八日

十几个同学离了学校跑进到社会里，没一个真正的在他本分的轨道上做事。飞花散乱在各处，躲躲避避偷偷摸摸的过什么生活,实在可以悲伤!这种杀人计的社会,坚包着古旧的牛皮,不容青年钻入活动,实在是人类的不幸!

德国哲学大家杜里舒来杭,下午在省教育会讲演——历史问题(problem of history)。杭城男女各校都莅席,我也坐在其中。但我的皮肤感觉我好似浸在冷水中一样,有一种不可言喻的难受,其然自〔己〕也不能懂得其中缘故。

十月十九日

家中许久没信来,我很记念。我的父母和二爱好么?我是个无家的人,而且自己标明过对现在家庭像旅馆一样,一年两次的作客。虽有一部分纯粹的爱,但缺少人生原素上的材料,终使我在外萧条枯寂如远行者。

十月二十日

一个心爱的人,跑到他的前面对他发笑,而他讲不出话来——这总是一件最恨的事!我今天,口子全失了作用,当好说而心里极愿说的时候,偏说不出对付来,如哑子吃黄连,苦在心中一样。

十月二十一日

我不知道,所谓青年人应怎样合着血气已衰的人的话去做。"Y. A.! Come here."的话里虽则满贮着兽性的滋味,但也不能说全无人生的意义存在。否则,人总不愿做非人的事的!人总想保守他的自我人格的完美的!被压迫而不得已了,做出种种危险或耻辱的状态来,也是压迫者的罪恶!

十月二十二日

　　空气中全是些使人局促不安的原子,连花园中的绿叶的叶绿素都变成叶红素了!更有一种寥廓惨淡之浮游之力来疏松我努力的信仰,我只有离了我的位子自由进行了。天授君更信嘱我——西湖天造的极好艺术,可领略些。

　　一个青年,产在荒凉的大块中,何处有称心的色物哟!一丘山,一池水,一花一木,都是为着存在而存在罢了!谁能给他视他如婴儿的母亲的慰安哟!止了罢,做人无非为应付,吃饭也不过是应付肚子,有何等助长的价值!无聊中俯着首窥望的青年!我们过奴隶的生活罢!应付到人生的末一件事——敷衍中的完结;闭了眼,停止周身血液的循环,发放出自由的灵魂,向着快乐之土边去,我们就算了!

十月二十六日

　　先辈说玄学者说,人有三魂。我近日解剖我的魂,恰合着这种学说。一条魂缠绕着家里;一条魂周旋着来事;另有的一条,就深深地隐印在她的心里。我收管不转,而且没有方法和能力!只空看着时表的跑去。

十月二十七日

　　朋友告诉我一件奇事——一个男人在男女共同供职的机关里爱上了其中的一个女子。他就为了她做起一切爱的行为,煎点菜蔬给她,买样玩具送她。同事的不愿,因她的情感与他们疏罕了。由不愿而妒忌,由妒忌而毁谤,于是揭出他对她的不洁行为,或加上污秽言词的举动。于是他不由得不离了他的地位,哀悲的离了。

而且她也愿走。这种变态的常事,实在也是人的无谓。雌雄异体的高等动物,原有自然的结合——自由的爱,到鸟或兽的生活中去找,可见到一种普遍的公律。人不知怎样,自己退化了,所以常常产出纠葛来,还以为莫大的终身的关系,这真想不清楚。

十月二十八日

晚餐提早吃好,我们六人就预备妥当,去实践那重九登高的遗俗,到宝石山去学脱帽的故事。出钱塘路循湖滨走,正是两光隐现 twilight 的时候啊!太阳爬过了西山,半月在天空中摇影。我们且谈且步,由步登阶,到了半山中路,在树枝的落影里,犬吠声中,坐着。碧褐色的天宇,映得湖色山光都呈一样,白堤如带般晒在水面。电灯疏散杭城和野中天星同样相接着。空气幽寒静寂。远听得军队里的号声,骄横四野。朋友说,今之世界,只闻号声的响亮了!

我们再上,穿过了保俶塔底圆锥形的影子,画在草茵中的。坐在采凤亭的岩石上,岩石和云色相似,和云体相同。我们恰在云里,远离了尘嚣,靠明月近些。车子灯被疑作萤火的闪烁,在白堤上飞过,喇叭声从湖心中吹来,人间的珍宝都有异样刺激人的感觉。我们的心神,翻起巨大悠远的思潮,而且做了我们种种的梦。秋风任性而漫寒的吹来,好似前程无寄足处的勇士的叹息,使人伤感流泪;秋虫也诉说它们怀抱中的落拓之情人的怨调。凄凉的宝石山巅的尖塔啊!你,雄伟壮丽的胸怀,在今宵的月光〈景〉里,许我们唱起怨你的"凄凉的宝石山巅的尖塔"吗?夜半在街巷间流泪的我们,你雄伟壮丽的胸怀,将承受些吗?

时候不早,绕湖滨回校。

十一月十一日

人的行为,大部分虽貌似为着现存的;实在是到别的世界——死的预备。原来可以说人出世是为了死〈生〉的,生的第一日,就是死的预备期里的第一天。天天过去,就是渐渐走近死的末端;长成、强壮、衰弱,都是途中的现象——一种常态。因此我们于任何事物,要有怎样的一种超越观念?半月来,抱了一种"人不过是宇宙的点缀品"的思想,对于一切,都是作无谓的应酬,上班固然是对教师应酬,而吃饭也不过是对肚子应酬;好似有一位神,锁进我的身的躯壳,一切举动,另有什么作用。

十一月二十四日

我可知道,我近来的生活是怎样?紊乱的,机械的,烦恼的。早晨起来,盥洗完了就读英文,一方面也就听到膳铃的振荡了。吃完饭,照常不变的事,或者散步了一回。太阳从窗口中晒进,移到我的位子的时候,我可预备上班了。从此楼梯上一上一下,拿着书没精〔打〕采的走去,总好几次的。足冷肚饿,身虽坐在教师的前面,而耳朵早已飞到窗外纬成工厂的汽笛尖头了。下午来了也如此照办的过去,或夹着写了朋友的几张信,或花园校园的绕了一遍,或胡闹的谈笑,刺激起多少烦恼,这一天也就完了。"一日如是,三万六千日何有",人生呀!究竟是燕雀尾尖无意义的一闪吗?更奇怪的,多读几句自觉可笑的英文,多记几个毫无滋味的生字,反是算得有功对这一天,而不辜负其意旨了!

十一月二十五日

吃了一只生虾,心里的不快,好似杀了一个人的恶罪一样。在我本来是不惯而不愿,不过好奇而尝试罢了。在座的看作熟的一样——这在我是时常吃的——我何独胆怯?举起双筷,钳了放在口里,似乎有最终的一跃,在我的唇边。我的牙齿那时只有显其功能,和铜闸一般一口断其头,吐其壳,不咀不嚼张开喉咙囫囵吞下去,葬在我的肚皮里。或者在他本来是一件幸事,但我心竟如吞了石的,终究不能消化。人和〔动〕物本来都有生的本能的要求,在和善的宇宙之内,而人太狠了,而且又反进化的发现,吞食活活的,使我心终是不快。

十一月二十六日

朋友,我只有经绕那条琴声扬溢的路边了。挂着伊的影子的照相店,我们靠近去罢!天所赋给我们的幸福,恐怕只有这几点,我们所自慰的生的空虚,怕也只有这几处了!在我的四周,冲涨着是寒心的冷水,在我两目中所隐现的是秋林的落叶!我固知道人生要有条件,眼盲了的盲人,再不去学三弦一曲,命歌百句,怎的能在〈人〉妇女跟前听得几句恋情蜜语?但是应有的〈应有仍其〉空然则奈何?假如说我应如是,则〔为〕何将我置在这样的世界!

人类应当要孤单的做人,那何必置我但造为性的世界呢?

十一月二十七日

一位新婚的朋友,读着他的伊的手札,我听得如酒后一样,"哥哥!你要保养你自己的身体,不要时时念及妹妹!"我简直心如玻璃瓶从半天跌下来碎成万片一样了。我是愿在梦〔里〕哀求!

十二月三日

人们所有的心中的要求,究竟是一种什么东西哟!在天空楼阁中的,是明月一样的美和爱。我们只有立在山谷中眺望,或者森林里盘桓,赐受的光色的波点,就是生命的泉源也!我的上帝,我的母亲哟!宇宙原是这样对人刻薄的吗?孤雁南飞,使我心泪暴流,其的流尽泪干,心从此可终结吗?天空楼阁中的?

我已和朋友说过:地球是一块冷铁!神何太严酷,人类太无情,永久永久找不出爱美来!不过我怀疑而且最怨恨,为什么上帝赋我以贪欲和希望呢?使我生命的微光不能熄灭,继续着残喘不愿平凡地过去而完结!

十二月四日

幸福之神是拥护着幸福之人走的!

一个孩子,我看他太可怜了!说是生下就驱逐了他的双亲,寄食在叔父家,人人都怕恨他,说他是一颗凶星!我的亲爱的孩子啊!我祝愿你是一颗凶星罢!用你的力,愿你驱逐了一切无情的、淡薄的、宇宙中的毒物哟!

十二月五日

夜中不能安寝,我也猜不出什么心事!从窗洞里看出去,寒白的月色,好似孀妇在那流泪一般。树枝寂然不动,在我两眸未清醒前,几疑似凶神!我不该如此想。

十二月六日

天果然冷到下起雪来了。一球球如天花撒下,来点缀大地的槁枯了的"冬"的。有艺术的善美的心肠,谁不应感谢他有爱的情绪。我和S君坐在音乐室前,谈起对于艺术的怀疑,以为艺术不应和雪一样,一面给多少的薄衣者正在寒号冷叫。

十二月七日

人心呵,肤浅的人心呵!被包着坚韧的污暗皮壳吗?幸福的最后之园,不知在天南地北,花一样的现在眼前,何等可狂伤呵!我们所得临时安慰的,不过是这一点爱情的谅解的渗透,也就是唯一的希求,怎的不明白呵!不眷顾生命的大前提,徒依藉一种老朽木的势力,来剥夺自然所有的真理,这真使前途绝望了!她的语意间,明明放着"请你原谅我,一个未曾相识的朋友!"还有特别的罪恶么?毕竟是"一望",那我要做千古的英雄了!

逝 影

十二月后　平复　第二册

一九二二年十二月二十四日

　　学校有提前放假的决定,在我也别有一种意味,我愿意看见我的双亲和两爱——在无意中写到这五个字,我疑心自己成神仙了——而且将我未成的事情到家中去了结。年年尝过的,其实也没有异样的甜美,但在人心里总不知怎样带些奇妙。朋友个个如是,也不止我一个。

　　下午一位不相识的朋友,同了他的同学来看我位子对面的朋友胡君。正当我无聊地在读英文的时候。他坐了一坐,就起来立在我的案旁。我想他的眼或者看着我案头的装饰。当我转眼看他时,他就问起我的姓名和地方了。我回答了他,而且回问了他——江苏姓金的。有一副清秀的脸和灵活的眼珠,很使人动情的。我想,这也算我的荣誉吗?不过,假定他变换了性的现象,我的荣誉将怎样了?恐怕这又是我的梦了。

十二月二十五日

心里总觉得不安定,而且身上也有几部分不安适,我自己也不知竟是怎样?

下午独自跑到湖滨,而且继续的想跑到断桥、孤山等处。一位同学告诉我——省教育会内章太炎先生将于三点钟起讲《浙江之文学》。于是我的远〔游〕目的就阻住了。我仍到断桥,路里兼招周君青溪同去。而且到里湖里的一个寺里,坐着看了好几章书。太阳晒得很温和,东风吹来也很清快,我的心也似迷迷沉沉的微醉了。三点钟回到教育会,听章先生的演讲。其实,一以人声的嘈杂,二以我坐的太后,三以他口音的低微,我不过看他怎样一个人罢了。

十二月二十六日

一个人对于世上的各种事,非有拔钉斩铁手段不可;否则邪恶在你身后驱赶,离间在你身前诱惑,你将终身被他昏化了。我记着,对于自己尤应记着,且莫使朋友笑我做事如做梦!

生在现实的世界,所见所闻都是使我要遁逃到深山的。但现在我所窥到的,我以为还是表面上的一部分,真真的内容奥妙,我还未尝着是怎样的一块东西。冷、热、甜、酸、咸、辛、苦、辣,我想还有大可令人作痛者在。不过我以为一个人受点苦痛,能够有"爱"来消解你,也不过一点苦痛就是,容易恢复的。现在,也有几个朋友谈谈,用来劝化,到家也还有父母的安慰;将来,独自孤零零的在雪中踏着,真使我有所不能忍受!想到此种,简直使我心发抖!

十二月二十七日

父亲函我,父亲身上有点不愉,且旦华也有些伤风。我急于回家,校里敲钟起来亦无心读书,也没甚功课。但校长报告,这在我们是不应该的。我只有几天忍耐着。

十二月二十八日

我已认识了,认识了她的面了。在人们的心中,常常是有一种不可思议的秘诀,其实明白了,毫没可奇怪的!今天,我不知怎样,心里也有一种反常的不安;而我自己则坚决地决定,我对她如对明月一样的。其实也只有对明月一样了!但翻开书,总像纸上没印着字一样。到花园中走走,更觉得冬日之园的孤零,也和我一样。

腊梅花已开了,这大概是报告作客者到回家的时候。否则也别无所求。在这么冷酷的世界,人们个个都向着暖气走的,他偏来做什么呢?

十二月二十九日

一切都是不得已。近日来连日月的运行也似乎都是不得已了。日出至日入,我本来记起过的很快,不知道近日怎样,好像身疲体倦的迟迟慢动,有时竟如钉着一般,总不觉得他有过去。月也无精打采的在天空缓步着,我对她道:请快转过去罢,请快圆起来罢!但也一点没有效力!我体谅他们了,日月运行也是不得已的!

十二月三十日

无意之中,常常能寻出可快乐的事或地方来。下午和三位朋友向一条莫明其妙的巷里走去,居然说是城隍山到了。而且当我们上山走的时候,有的说我们到母亲怀里去,有的说向西天佛国里去,在我更像踏上青天一样。人的生活原是要在高山上过的:一则不染到尘俗的悲酸之气,二则似乎在另一个星球里一样,看到别人很小,似蚂蚁般的意识生活着。天在我们的头上愈加阔,分外青;没半点云翳,更显出天空的清净来。地也扩大些,湖、河、草地和鳞鳞的房屋,聚着一块。在钱塘江的风帆,和西湖的游艇,也都有一种隐约中的重要意义。而且在平原的尽际,烟雾茫茫的天地分界处,似更有神秘隐藏着。虫也爬出来,蝴蝶也飞去〔飞〕来,在我们的身边,很有些万物同乐的景象!

宇宙原是如此的,朋友!宇宙原是如此的!

十二月三十一日

总算一年过去了,但也不值得使我介意,因为年年总是如此,笑也觉得无声了,哭也觉得无泪了!光阴原是束缚人类的绳索,过去一日,索也多了一围;过了一年,索也不知重了几匝,一直要到最后的一周——死了为止!

我已经是二十一年了!在这二十一年中,不知道而且自己也想不起有多少的蜕化!我长大了,我结婚了,我有了妻了,我又有八个月的孩子了!差不多我是成熟的果子,啊!红而要烂的果子了!我身裂,我心碎,足也立不住地球了!

宇宙原是婴孩眼中的饼果!附属小学校里的小朋友们的预备闹新年的乐器声,真是有意味啊!

> 留不住的,
> 我总让你去罢!
> 愿勿再回顾你带着泪痕的小脸,
> 给人们想念!

天涯!

辽远辽远的天涯啊!

丛生着荆棘,

迷漫着云烟,

将不能给人们互相认识罢!

我的心和空气一色,

将不能给人们认识罢!

我的未来的天涯,

不能不使我前进的天涯!

我将和你怎样结合啊!

一九二三年一月一日

今天是最近要来的一年的开始第一日。

我也不懂得什么意思,日光全和以前一样,不过月色稍为圆满明了些,不知人们究竟懂得什么意思,脸色和昨天不同,而且一群一群的漫游着,高笑着。我和莫君,我的半年不相见的一位朋友,虽则也谈到关于这件事上的,但总觉得没有意思!

人,自己将宇宙锤碎,弄得天花散乱,自己的鼻上有别人的血迹,不知几千年了!还半点不觉悟,不忏悔,和平仁爱的挽手着走;反要天天张起巨大的网罗来,引诱人的投陷,真是奇怪极了!人,本来是兽性最发达的动物,任凭哪个禽或兽,总敌不过所谓人的能力来。但不好的兽性的遗传固然使我们发达,而好的一方面,我们也该要使他日日滋长才是。但不知怎样,好的总未见伸张出来!不然,何以人的一群,你看那边的人的一群,何以这样厮打吵闹,而不及天空的一群〈的〉鸟的亲爱和唱的飞翔过去呢?唉!我总痛心!人类不该有这样的遗传,而且我更不该有反这样的遗传!骑着肥大的马,戴着高高的一束白银丝的军帽,穿着异乎寻常百姓们的军服,一匹一匹的跑过去,否则我也可以觊觎一下罢!

兄弟哟!未来正在我们面前开〔口〕笑,我们大家和爱的前去吧!穿着同样的衣服,去拿同样的面包,随着我们的意思作,随着我们的意思歌,随着我们的意思想,我们多么快活哟!我就是你,你就是伊,伊就是我,这是人类所希望的,应当,兄弟们所希望的!

一月二日

今天天气骤然冷了很多,在工人们更是一件大事,因为他们都停起工作来了。青天被云蔽着,寒风从西北吹来,简直同来剥人的衣服的债主一样。我手僵,我不能工作,我只想到回家。

一月五日

早晨五点钟就醒了,但我是十分知道那时距快车的出发还有三个钟头,不过身体没睡意,一切都是无效的思潮!并且钟摆一的嗒间的长度,竟使我惊骇作时间的停止了进行。我也看不见星明,我也听不到鸡叫,只有孤寂悠远的长夜紧迫着我!

东西整理好,辞别了朋友,我和邦仁开始上了回家的旅路。车夫拉了我,步步远离了学校,送我到城站。火车也就开发了。一站过去,一站过去,继续的一站一站过去。阳光照着旅客的身上,使旅客上下车有异样的匆忙。这也是奇怪,来回往返,人生就是过去。几个年老的公公,隆着背,气喘喘的,提着包,也不知为点什么!幼小的弟弟,也稳伏在他的妈妈怀里,随着车去——摇篮一样的火车,有时使他自行发笑,抬起他的小身,有时使我发怔了。他的母亲,低着头,含着泪珠的中年妇人,我也猜不出她的白鬈心是何用意。究竟,一形一色,都显出人类的凄惨来!而且在这次车中更不幸,找不到半个微笑的伊来。火车已到终端了,人们一哄而散。我也总算移过了四五百里路的位置了。

一月六日

在上海逗留了一天,但上海的一切,时时像驱逐我出境的样子。车从前面来,马从后方至,我在路中竟似在阴府的奈何桥上一样。而种种异样的黑暗怪状更使我在船中看到了!"一切都是骗人的",一位老年的卖桔者,对一位和尚说破了,也无用我重述。

一月八日

旅途中的恐怖,不安,总算在我的眼前消失完全了。我已到家,已看见过了我的爸爸、妈妈、兄妹嫂侄等,还有伊和爱。但我几乎疑心,我是在梦中吗?谁都不是我的一样——伊这么老了,而且这么的伊,不得不使我流出泪珠来!我爱——旦华如此黄瘦,只是两只小眼,异常圆黑。唉!一切都使我惊骇嗟叹,我不该早想回家来!眼前的实况,和我思念中完全相左。

一月九日

一个人的思想,常常生出矛盾来,也太无价值。——我不该提早回家,——其实已无所谓不该了。我只有紧饬地〔依〕着自身,照自身做。

一月十日

一天只是两件记述:吃杂物和朋友谈天。

一月十一日

今天是第一次使我证明社会的杀人,给我最大的印象和悲伤。我和邦仁恰在跃龙山游走,只听号声呜呜地吹来,许多人在郊场上慌张着,说是一位和尚强盗要来杀了。我心里立刻有所转动,似乎恐怖着这在人类社会上,不知如何的一件大事!但死犯被几十个官兵绑押着,后面还有两位骑马的兵头,竟从那路上声势堂皇的来,附着他们的都是一团杀气。人们到杀人的地点了,死犯也被迫跪下了,枪声立刻从他的后头砰的一声放出,人立即向左仆倒。许多人都不自解,铁桶般的围着看,我也不知他们的良心,对于这件事否认还是赞同?他有罪恶,他有极大的害人的痕迹,不过,一颗子弹,就能抵消它吗?一颗子弹的能力,能够相当他如此重大的罪恶,这怕是人类自己的思想的不精确罢!他死了,他的血迹仍遗留在社会里,永远永远的不能磨灭。这种社会的血迹,是否人类自羞的纪念物呢?而且自悔不耻的官兵,和强盗又是一样,个个人们和官兵又是一样。现实的社会,实在说一句,谁不是强盗呢?朋友!我强盗了!你强盗了!连我们所最亲爱的也强盗了!强盗的世界,我们究竟将怎样呵?

我的心,差不多从心头提到天空,像动荡闪熠的星一样,要坠流到茫茫大海中去了。吃中膳的时候,母亲烧一只鸡给我吃,我一见到精光的鸡身,就疑作它是人类中的有罪者一样。拿双箸,刮分它的肉,我的手也颤动起来!以后我自己骂自己——这是你的错误,现在的世界非如此不可的!

一月十二日

人们的心,相差真正辽远!一方面觉得可笑,一方面觉得可惊。上帝啊！你为什么同一样的生人，而不赋以人同一样的心思呢？使彼此不能同在一条路上走，要东西各异，很明白地可以完成，也弄到天涯地角来。亲爱的，反而生疏了，宝贵的，反而厌弃了，甚至可以同席豪饮〔的人〕，要做掷杯碎碗的仇视，真正可伤心哟！我的两位朋友，明白些罢，我们万不要再学习旧社会中的人们的昏昧心理的作用，来自害自己。我们共同的揭破心之隔膜罢！露出精赤的肉质来，两相耀照，共在人们的眼前罢！

一月十三日

我实在心里压制不住了，我只有自己哭！我如此委曲求全的腼颜人世，还要遭母亲的说——我太昏了！我件件都谨慎，我事事都了解，我还要受家中人的猜疑，真太负我了！但在父母——我最亲爱的，或者是爱我，不过爱的错了，而且太肤浅，太淡薄，但这也是社会的罪恶。不过我的陈情表，总是拒绝，实使我失望和自伤！我没有法子，我只有自哭，我愿流尽我收藏着二十年的泪珠呵！

一月十六日

昏昏沉沉的好像醉了！
一切在我的四周，都是我的仇敌：
阻碍我进行的仇敌，
威吓我停止的仇敌，
引诱我后退的仇敌！
无抵抗主义者呵！
我可用你的手腕去应付吗？
我还用你的手腕去拒绝呢？

一月十七日

我几天了,想用我的久郁的思想,对父亲说出,但一次不能说,不易说呵!我的口到那时,简直开不开了,心如石〈一〉块一样,不能转动,我仅能用两眼注视着呵!

一月十八日

前几日我为吾邑的教育——创办初级中学和改组现县立高小,作几次的奔跑,今天,结果和西北风同吹来了!在我本来是无用介意,而且也必然的,不过我说别人"你 A 的错了",他要用"我 B 为什么错呢?"来辩问,更说"你有什么 C 罢?"来嘲答,真使我觉得我不该说你 A 错的话了!死沉沉的社会,怎能容得活泼泼的青年!稍自觉的人们,必灰心社会的负人,社会的杀人,和自己的失望!我本以孩子自居,而我也没有壮夫的胆力,我自认是过去的人,不过不得不讲的半句,不得不讲了!而别人竟视我为一颗炸弹一样,我实可发笑!而且以我为有五月后的计划。C 的用意,真使人以他们为可伤了!

晚间我在店里,一位七十岁的老婆婆,用四个钱来买鱼肉,店里的朋友共同笑拒她,我的父亲送她几条,而她竟要偿出它的代价。我的父亲说:"这还是她六十年前的做法了!她还不知道世态的变更,现在的鱼肉要四十钱可得食了!但她实在是个正直者,——她自愿在外求乞,决不忘人家的借款。而且她也有三个比人长大的儿子,可惜天不为她作福呵!她仍用四个钱来买鱼!"我的父亲呵,她为什么要做六十年后的买鱼的人呵!她买鱼的心,也和我现在的心一样么!

一月十九日

今天以朋友的招〔呼〕，跑了半天的山路。我本来有乐山的志愿，但宁邑的母山，我很想不到也有如此的美景。而这山——崇寺山虽不十分高峻，而眼界也算扩张了许多。村落在平原上一堆一堆的，山也一层层地青过去，地上的树木和草一样，也有无限的意味。山上森林里也有人家——望山的人家和人家的狗，——远远就听见狗的吠声，也更觉有古雅的风迹。邦仁说，我们以后要常到〔与〕此山相当的山上游玩。我也有此同感。

一月二十二日

前天做点什么事，也无从想了。昨天呢？伴着朋友结婚。我也不愿记，——人都有这么一回事，也奇了！而且必然的，更奇了！人们帮他俩做出种种的花头，真同发狂一样，害的我也夜半后三点钟才回家。今天到上午十时才起来，精神更牺牲了不少。真同发狂一样！

我近日来对于宇宙和人生，只有绝对的压制它不想，一想起，就不得了了！总要经过长久的时候或者终日。我的想〔象〕力，不知怎样，有如是丰富浓厚，一个对象触着，就像导火线的引着了火，立即爆发起来。从那朦朦胧胧不可思议的起点，想到渺渺茫茫无能归宿的末端。月亮一天一天地圆起，星光一夜一夜的淡落，草色到如此的枯萎，树姿到如此的凋败，不知为谁忙碌，为谁辛苦？一个老太公，穿着褴褛的棉衣，在溪滩上一步步气喘的走。一位妇人负着一个孩子，他在她背上哭，哀悲的哭。一个低头丧气的大汉，胡须黑而长，好像失志的英雄，在树边坐着。一个工人荷着工具急速地担〔着东西走去〕。一个姑娘倚着门〈口〉呆木地想。以及我的父亲和一位客人谈天。我的母亲在做衣服。素瑛抱着小爱。小妹和侄儿游戏。……眼所看见的,我都疑心而悲想,他们竟有何等的意义而存在!他们没有这样的意义而存在,他们又将怎样?宇宙又将怎样?亲爱的人呵!你无用叫我做什么和什么吗?更无用苛责我吗!一切随之去,什么又将怎样呢?人毕竟是西山黄土里的东西,荒草白骨,人最终的结果!自扰与自安的朋友啊!你能告诉我些什么?

二月十一日

一回想我这半月来的生活,我就不觉泪珠的流出眼中了!我的身陷入堕落破坏的生活之网里,我竟成被擒之鱼了!完全反理想而行,没半丝的成绩在目前可现出希望,引到真正的人生的轨道上。差到这步田地,向着昏黯狰狞险怕的山谷之路行走,望着狮薮虎穴前去,生命就如此完结了!毫不顾月亮是在我头的背后,我要反这条路而努力!每天起床总是日上三竿,非但邻家的小孩,说他的早餐早已吃了,就是我家的炊烟也早毕歇。糊模的洗了脸,草率的吃了一点东西,或者伊有事,叫我代抱了一次小爱,茫茫恍恍的过去,不知不觉已将太阳送到正午了。以后或和朋友到本地的所谓风景之处——跃龙山、崇教寺等地走一趟,或和朋友闲谈了一会,或在城上空绕了一圈,或承父母之命,做些什么杂事,或者客来,陪伴了一息,总之,光阴是容易过去的,它以正义无私的态度对待一切,决不以我的要求而格外迟缓。只有我们自己明了,要同他商酌,有秩序而规则的和他同去。否则他已照他的义务去了,而我们还空空地留在后面。人生的义务,积在一边,结果只有使我懊悔!痛哭!

夜里简直无从说起,不知做些什么事,大概和黑暗之气同化而同去了。然而刺激性和兴奋性异常强烈,同房异床计也破坏了,反而夜夜要求她。是结婚到现在所没有的奇怪,心如火一样,安慰的是温暖的柔身,简直自笑是成了蝗虫了!一切平日的未满足条件,要使我和她怎样的,都一时消灭了。以至精神愈萎靡,身体愈疲乏,日出三竿,才能起来了!书籍只有在身后自形懊伤,我也没有能力去安慰它。学校中的理想只有任它在九霄云外怨恨,我更没有法子去追悼它。竟之,我是个沟渠中的孑了,堕落青年了!一言打动我,不觉有如此的悔恨,现在只有恳求未来之神,给我开一度寒假中的寒梅罢!

二月十二日

在昨夜,我已对伊表述,——我是一个怎样的青年,在我的现在所过的生涯中,我将要怎样!我的未来的计划,正盼望我现在的努力前行,我不可不尽其力,以实现我理想中的理想。我或者是网中逃出来的鱼,不同那些圆睁着眼,默在街头的作金钱的代换物。但我必定要知道,太平洋的洪涛中,要有怎样游泳的技能。伊很感动我的陈情,而且嘱咐我实行计划。不过伊的心肠寄托在我的别有所谋,我也无如何说。

二月十三日

旧历年关将近,后天就要过年了。人们正为钱而忙,壮的老的,幼的弱的,个个的心和身都向着钱的方孔中急紧的钻。说是钻过的,就是那些脸上带着傲慢或喜悦的人们;不能钻过钱的龙门的奴隶,我想是那班忧戚和悲怜的囚犯罢?人固然不能不生活,但生活之柱,即以钱为支持,我真不解!我本已主要的晓得,在人类的舞台上,交战是最热闹而使人称心的一回事!不过以手段为目的,以用为本，本是人类的耻辱，而怨人类目光之浅近，远不如群体生活的其余各动物界！自贻伊戚，致我们的生活的基础意义，天天破坏的失遗了，其痛是人类独有的！废止金钱，确是我们自己扫除罪恶的第一件事，我们自己蒙蔽耻辱的最切要事，也是我们自己要启发人生真滋味，开辟人生真途径，放射人生真耀彩的最先前事！

二月十四日

早晨起来，心甚无聊，因想到什么阴历阳历，旧年新年，在太阳系的运行中，本来是同一桩事，但人类愿意自苦，能够如此的区划开来，也莫明其怪。于是做起门联一副，用红纸随意写就：

阴历阳历本非两般不过日圆月缺运行的作用翻起宇宙现象各异

新年旧年原是一样只求地厚天高造化之机能付与人生意义相同

日间专门做父亲的书记，——记收账的事项。但耳中所听得，我实在不能在那凳上坐着，执着那支笔写着那样的事。

二月十五日

很早起来，就到店中去。因为父亲说——在今天人们应作足足的二十四点钟工〔作〕。我也不明白意义，是否回想一年过去，没甚成绩存留，今天来弥补些前衍，多做些工作？

二十四点钟的光阴实在过的慢，而人们竟说，已经半夜了！过的真快！我被允许回家，手提着灯笼，朦胧的在路上走，人也很少了。地面没见火光，完全如炭一块，天更被替贫人愁苦的黑云遮的铁桶一般乌黯！不知何故，人声也绝响了。我心害怕，幸赖灯光的指示我,非但认识回家之路,否则也以为没有存在的所谓现今世界了!我如在昏茫的空中飞翔,我如彗星一样。不过究竟是一块黑暗地狱,路险滑泞泥的,人都是金钱的罪犯的魔鬼!

二月十六日

繁杂的日子,也无用费许多记忆,不过早已洞然传说,今天又是元旦了,是旧历癸亥年开始的第一日。我本来在昨夜两点钟就寝,而今天又起得很早,所以人朦昧无聊,昏沉欲睡。不过太阳做美,照在纸窗上,洁白素艳,天色也半边青翠,云也飞舞的祯祥;似乎报告今天人们应该快乐。未来一年之福运,宇宙和蔼的现象,开始送来。不过在世界末劫之年,人怎能望得半天快乐。军阀专横于朝,贪吏欺诈于市,而一部分人民又愚焉不敏,甘心于自苦,辗转于水深火热,互相嘲弄,全不知自拔!一部分良好的人,仅年年切望,而年年困顿如故。水、旱、虫、风,终岁在田场上勤劳,不能得一饱,忧衣忧食,没半点人生乐趣。徒呼天叹运,究何今天快乐之有!追思往昔,心为黯然!后以寒假将完,六十天的光阴竟空然过去,而于新诗更无半点痕迹,不禁作成旧体七言律诗一首,一以补新诗之白卷,二以畅感慨之忧怀:

不念弥陀不拜天　年年元旦度徒然
遨游岭上寻梅迹　蹲踞河边计友年
蓑草迷残伤乱鸟　祥云飞舞庆投仙
叹得世人多幸薄　寄心来我学种田

二月十七日

我不愿讲昨天在跃龙山见的什么!更不愿想昨天见的那个!人是被运命注定的,好似云要随风吹一样,不该有反抗和乱想!

今天起来又很早,不是我想在新年抖擞起精神,有一番新振作,实行理想!实在是一件不得已!二十年来第一回,恐怕就是我后生的暗示!她病了,病的是出麻,全身如火一般热,红斑点发现出来,在床上辗转着。孩子不能在她的怀中安睡,他也哭了。他只有天禀的本能,这本能就是他的生命!没有智慧的愁苦的压制力,孩子的没乳吃,如情人的没爱一样,心口惶惶,生命也就不得安慰!我只有用糕来喂他,好似老鸟之饲小鸟一样。钟刚鸣三点,窗外没见半点白光,一缕缕的黑冷气涌荡进来,我的身体如浸在水中一样,两腿发抖,血液也似冰结!房内一切,现出魑魅的黑黝黝的灯影,我的神经异常澎湃汹涌。她的急促的呼吸,竟好似旋风的卷□我在飞沙走石的空中倒乱一般!光阴和人心是相反背的,在我的眼前,天晓的一刻,要四十八点钟一样,虽然眼见孩子,也未始没蕴藏着人生的爱的滋味,圆黑的眼珠紧睁着我,柔荑洁白的小手,向我的胸膛乱抓,身在我的衣怀中如白玉一块,娇嫩的绛唇和婉转甜蜜的小舌的口,口口饲喂和我深深的吻着。但这就是做父亲的确实苦痛罢!我并非怨我不该如此,我反怨享受着浓睡,给孩子于保姆的父亲没这些真切的做人父母的意义中的苦痛滋味。不过冷气从脚底心透进,直贯到五脏两脑为止,我有些不易忍受罢!

日里,我更不得不想用一周未满的儿童心理学来试验了。他睡醒,就想到他应有的乳头了,最好还在朦胧的当儿,给他自愿的安慰。迟一时了,他就哭了。我用那勉强的代替物的需要去需要他,他更不能停止他的哭;没有合适的滋味,或者过于热了,泡起了他的嫩薄的舌和唇,这原在自然之人是不自然的,不过太阳已被黑云夺去的时候,谁又能找到阳光的恩赐呢!究之,一切方法,也〈不〉自然的无用了。我相信而且断说:婴儿的饿哭,任谁是世界的儿童心理学家也无所措其思想与方法于医护,不如村妇的两乳供其一饱之为效了。

三月二十七日

我知道我的人生是完全呈现灰色了！我恰似立在地震的地面上，我的身子战栗而悲哀，我将要成粉身碎骨的魔鬼了！我知道我的精灵，早已不知去向，——大概是到七十二层地狱之下去受刑了！我曾经梦过的。——我现在所还能活动者，不过一个朽木样的躯壳而已！这一个月来，从和牧牛儿——还有一只犬——到东溪去了以后（在那时还漏着快活，因为她的小弟弟很有趣味的能和我谈天）。转到家里，要破裂的人生，曾经犯了穷凶极恶（？）的报应的人生（？）将层层的如夏云的罩天了！到家的第一眼，小爱裹着大棉袄，父亲抱着在阳光里病了，身如火一般热，鼻息的呼吸就异常迅快，两眼朦胧的任着我几次叫他也不能开来一视了。果然，他母亲所赐给他的——最后的赐他的极大恩惠了！他发出全身的红斑点——是麻〔疹〕了。经过几日，眼见他渐渐的退下，我以为总可无虑了，不想余火入肺，又变作了肺炎，十个月的小人儿，怎样受得起如此厉害而惊怕的病的名词！有一晚，我从外面回来，跑到房里，一切很静的，只听着床上鼻息的呼引如风箱一样，我知道是他了，我的心就即刻如浸入了酸性的液体中！母亲和伊都眼圈红晕着流了泪，我不知怎样好了！我又从疲乏中去求问医生，幸他来看了一次，施一回医术，呼吸就和缓了许多。从此是可以安心罢？"又不能！"正是那时神祇的凶严的回答。一面就使我延缓了返校的时期。我那时心灵的煎烧，我自己也不能再想提起了！不过确实的，和现在不同——那时是热烈的，此时却冰冷了！

十四日那一日，是我往杭途中在宁波的时候，江天尚未出泊，风是很严厉的吹阴了满天愁惨！最烈而旷古未有的噩耗，如隆冬的北风送到了！带着赤血色的报纸上,凶鬼般的用大字刊载着,浙江第一师范中毒惨闻等字样！饭中藏着快刀样的说是砒毒——从天上飞下来的？——在十日晚餐间,毒死了〔二〕十二位同学,二位差夫,二百多剧病了,生命竟如悬珠一样！重重叠叠的传来了,死者竟不知多少——二十二人吗？我那时真不知我自己是什么了！人间吗？天上吗？还是梦中呢？全身顿然饮了麻木药,一切组织系统的细胞,一时的停止了活动！只有两道目光,除了注射报纸外,也再不能左右看顾！还有心脏的跳动,起初正如怒马的奔驰,一秒间不知几千万次,后来也低无了！唉！也就如是算罢！躯壳于我是有妨碍的,我的朋友呵！汉湘！企衡！……你们现在到底怎样了？中毒了？病了？一时的死了！联手的去叩谒阎王了！你们是做了被害之鬼,你们是往地狱中去受刑了？是全人类所伤心的,我已流下泪了！毒！毒！毒！砒毒！人类社会上的事？我两腿战抖的不能再立住！船在倾侧吗？我全校的朋友们,我最亲爱的朋友！你们怎样？我身已如电浪一般回扬到你们身边来了！

　　十五日我到了杭。死灰色的气象和浓雾一般密罩了全校！校里的一切的存在都在悲伤！而在悲伤之中,朋友,先生,人,个个是不相识了。我是到了学校吗？多少具棺材,停在雨操场内,一眼就闪着了。棺材上刻着的金色的某某某之灵柩等伤痕,生之末劫的伤痕,最后的符号我明明白白地认识了！我的朋友！我的朋友！我的朋友啊！二月前话别了的我的朋友呵！你们就如此长眠而去了吗？安然的睡着了吗？你们为什么做了被害之鬼,你们的尸骸发了青黑色了呵？黑色的杉木载着你们干干净净向着安乐乡去,青山黄土中你们是得着最后的安慰了！永远的安慰了！父母在你的旁边哭,妻弟在你的旁边哭,还有你亲爱的朋友。你们在九泉地狱中仍如生一样的受刑,还是起来罢！病着的朋友,我个个探望过,大约都还能尝着生之未来的滋味,菜根一样的滋味,我们大家来争吃的滋味。遥远的影子,明?暗?在最终的一点,〈我们〉或者还能射到我们的眼光,你们桃花的希望,从此都夭折了!完了!

究竟,我也不该逃出这次的惨灾,上帝普遍的待遇又重来给我了。我也就如此从容的受来——胃炎病发作了!腹中孵出了蛇一样,在绞乱着!睡在床上四日,粥不能向喉中下去五餐。一切工作都停顿了。以后学校渐渐的复原,病的同学慢慢的起色,可到西湖里去享受春光中的佳色。我正口尝着酸混苦的药味,眼看着冷或暖的药瓶。好,也总算容受过了!不料我是犯了人生的苦痛刑!实地的计算,和死是相隔一箭,无期徒刑的刑具已放到眼前了!第二次的噩耗和恶魔的来夺了我的宝贝完全一样地来了!朋友为我递来的家信,自宁海发出的,不幸的信啊!我读了,读完了,四五遍了!我又是在天上吗?梦中吗?我希望是梦,不行了,明明的提起笔向纸上飞动,实在是在地狱中签字了!——我的新芽儿折了!我的心碎了!粉一般地碎了!!——父亲告诉我——从我离家后,旦华又病重了,病的厉害了!还是麻毒未清,请来什么华先生、丁先生,……二十八、二十九,……那日,好了,歪了,又好了,到初二的那天,就四肢起肿,针药无所施其技,初四的夜半夭亡了!!完了!夭亡了!我的眼前,我知道了!面圆而白,一双慈蔼聪明的眼,口子一说就笑了,饿了就哭的,能叫盲目的"阿爸"了,手能和我握住了的那小人儿,已经投到蛇食的石框里了!唉!我的宝贝没有了!我的家里再没有他的踪迹了!伊也从此空了!

计算五十天来,伊病了,小爱继着病了,朋友们又病了,而且多少个竟死了,最后我自己又病了,忧黯的人生,我以为很浓厚的流露完了,不想还有最苦痛的一封信的一幕!我已为此幕所蒙蔽了,确无我了,再流不出泪来,心脏也不跳动,血也停顿循环,气也终止呼吸！深远中所感觉的，不过心窝中微微地有些震抖，胃脏内隐隐地有些刺痛。此外，天，好似瓦解了！地，好似冰消了！空气，好似灰化了！我，已经蜕化了！宇宙的一切，已经空虚了！

三月二十八日

今天重看父亲昨晚寄来的信，悲哀的事实，完全一样的！不过心境与纸色，和昨晚两样了！昨夜半夜不曾睡，心向着时间的延长线上缠绕。在眼前，一时好像五彩绚烂的花开了，又好像被风雨所凋残了谢得淋漓不堪。一时好像身在碧璜的月宫中，又好像在幽荒的深谷内。又坐在双亲的身前了，再和死了的玫妹谈笑了。啊哟！许多年前长别了的邻里亲姻都聚会在身前了。呵！二十二位朋友也参与了！向我来了！要指示我生命的奥妙处，良玉碱砆的埋藏山中的探求和识别。最后，十二时的大约三十分前，于是想若谁来引导我向着睡乡里旅行去了！

天色替我做记念，是完全黝黯的。

三月二十九日

反觉一无所介心了！好像什么都是一种幻象，假的暂时的偶然的存在于人世间的宇宙罢了。原来是"实在可不知"，太阳系的构成，和人类的演进，一切的产生，无非是一秒的关系的结果，似恋爱的秘密的一样。过去的一刹那，不能决定未来的一刹那要怎样，我，又何必用"我自己"扩大到无限际的算有意义的一个人呢！好了，我现在确是没有心了，心被火所焚化了，神经系统的效用也由此变成死灰了！坐，坐罢；笑，笑罢；吃，吃罢！我，蜕化了！

三月三十日

我不该有非我的奢望,更不该有矛盾的探求,因为这是人生〔规〕律所规定!出了幸福轨道的人们,总是要这样承受的!"不幸者不能得于幸",我记着了。下午独自到校园里,地面的石板,在园的中央,干净到可爱的如新婚之夜的床了。我坐下,又卧下,目光和西偏的太阳相接,心,蒸蒸的向蓝色的宇空飞腾了。春色中的花,黄、红、白、紫中所含着的芳菲味疏松松的浸透到骨髓,蝶也闪闪的来,不知名的鞘翅虫儿也再会面了。愿终生如此,我私下发誓。

三月三十一日

现在要妒忌一切!也只有妒忌了!妒忌那怀中抱着婴儿者,妒忌那手里提着小孩者,妒忌那两人的交臂而行,妒忌那三个小学生的跳呼而舞,妒忌那青年学识的宏博,妒忌那女子情性的聪颖,甚且枝头成双的鹁鸪,花心一对的蝴蝶!造物者哟!你对我实在太刻薄!我是尽人间的苦痛所有而应有的吗?我怀中?我手上?做过我的梦了!我怕到死不得交臂而行,以前又没得跳呼而舞,情性简直似一块石,学殖简直似半箦土!而且既难安然在枝头,又难飘然在花上,我只呆呆的行动罢了!

母舅信中说是"讨债的,不是儿子"。我以为讨债的关系应该是金钱,不应该来讨我精神上的苦痛,使我的精神入了不幸之牢了!"未入魂,还是早的",我又"是青年",这究竟怎样解〔释〕?我固是矛盾的,但我的矛盾,终究是错了吗?我的肉体的年龄虽青,而我的精神实在黄了,我究将如何呢?

晚餐过后,和几位同学到湖滨,——二星期间的病后的第一次。湖、山、云、天的色调黯然相浑,不过浓淡的程度不同些。游人还不多,这也可算我的独美。

四月一日

今天是学校为二十二同学、二差夫开追悼会。全校遍挂着挽联,会场更点缀的处处〔使人〕落泪!下午一时开会开始,我所参与到的又是后一大半。"宣读祭文","述已故同学事略","演讲"……等。我感到只有"不幸"二字,一面就"伤心"罢了。我总愿二十二位同学复活,虽是我的梦话——也愿意是梦话,不过万不能了。愿他们的英魂补注到我们的同学的精神里来;我们永久的记着,更做我一部分以外的人——牺牲和奋斗,未始不是他们的复活罢!

天气异常蒸郁,脑中殊不畅。和邦仁君坐在花园中满枝素丽的重瓣桃花下望月,刚出山而隐现于云里,使云边都成金色的月,忽儿露出这一边,忽而吐出他一角,真是宇宙幽美秘妙。邦仁说——诗人和农夫所感受是一样吗?我说,不同罢——诗人的心境好似一朵花,农夫的心境好比一株草,草中之月总不及花中之月罢?

四月三日

昨夜梦见旦华仍如往常一样的在伊的怀里,笑着,更和我吻着。但我梦中的心里仍是疑想,父亲信来告诉我,他已夭折了?哗!那是梦呵!父亲的诳语!信是在临死前发出的,他的病救回了。他不曾死了,他复活了!而且他完全不病了!我的心是何等快活,死而复生是何等快活!但终是我的梦呵!快活也只是我的梦呵!梦里笑梦,是一场无穷的快活;醒后想梦,是一场无穷的苦痛呵！旦华唤不回来了,父亲告诉我是明白的,儿呵,你去兮何处？唤不回来了！

死本如梦,生也如梦;生即如死,死即而空！空而如梦,生也何求？不如无生,无梦无忧！

邬君说:我们是一块顽石。我说:顽石的中心,未始没有宝玉的蕴藏,只求磨琢,终能发光。他又说:我也不愿发光,只求无碍于人,在幽山空谷逍遥自乐,养元归真,也无损于光。我说:这就是你的生罢！

四月四日

C君又病了,病的口里吐血。在病的国家里,我们总是病的分子。以后几个朋友又谈到死的路上来。Q君说:假如死了有鬼,我也愿脱离生的苦痛。我说:假如死了有鬼,仍旧是有知觉和感情的做鬼,仍旧脱不了死的苦痛。怕愈比生的苦痛重大而深厚。真果的不求生,万不可去求鬼！

眼见到婴儿,心就跑到旦华的身上了,而且跑到他的死了的坟中！茫茫的小坟,亦不知在何处。此种类似联想的链〔连〕着我,恐怕随我到死罢！

人每当物质动荡时,就用精神来安慰。没饭吃,即说"腹中自饱";没轿坐,即说"缓步当车"。但是精神动荡时,物质怕是无力了！失恋的英雄,虽未尝不可以手枪以自决,但不是精肉的和谐罢！

四月五日

今天决定了一个过清明(六日)的计划,假如明天不下雨,就和邬君去游一次湘湖。

四月十一日

六日的早晨,天气果然清明,太阳红的射到窗上,灰色的窗墙也变色了。云还有几块在天空走着,可是草木间,已没有雨的意思了。计划可以实行,就和二位归家扫墓的同学,共四人同道。一切预备好,出发到江干趁轮船,向目的地萧山湘湖走动。小轮船循钱江驶去,岸边两条的青,还有山和塔,都饶有绿色之味。日中十二时就到了 W 君家里寓着。一种乡村间的景象——种着麦的田,柳树在田岸立着,山上草色青青的,坟,土丘样的一处一处。还有扫墓时的手续都历历的跑进眼睑。下午又跑上优罗山的最高处,远望田畴青黄交错,村落鳞鳞仆地,河水蜿蜒,钱江迢递,而且远及玉皇山、五云山等处。而〔另〕一边,湘湖也具体现于目中。坐在山巅,高歌慢曲,飘飘忽忽,若在云间,若在雾中,温绸绸的眠在爱人怀中一样。

第二天早晨起来,就在船埠买棹出发,船小不能左右动,身就如翩翩的蝶〔似〕的飞去。

不愿叨叨了。总之那边有山有水,很是好的。我已在石岩山的一览亭(已坍)旁找到生之坟墓,将来自可负土建筑。老虎洞里吃中饭,还遇着许多烧香姑娘,也很希奇的。可惜不迟一月去,不得将压湖山里的果子,任意摘而啖之。回来时那山上被卖了的七岁小孩子,竟恍惚的显出在朦胧夜色中,到今日还留深刻印象。湘湖!或可说是我的坟场。

四月十六日

五年学校的课本生活,已经解脱了。插翅般的光阴,在眼前飞过。五年?五年了!拿着书的嗒嗒嗒的走到教室,静听先生的说是、是、非、非,在中等〔学校〕可是算将破茧的飞蛾了。接着,就似一鞭教鞭,驱我们到小学校教室里去,叫我续着过牧鸭样的生活。何等的刻薄,何等的枯干!虽还待三天后亲尝,但我可预想这六星期的实习生活——小学教员生活,是使我的血液将渐渐干涸。近日来,正为着这件事,闹得脑里的花都收闭了,也想不清以后的时日。

四月十七日

"人"究竟是真的还是假的?说假的实太自弃了自己,而眼见得身前都是一种幻象,梦中的遭遇,——不常了,变故了,病了,死了,我的儿,他(Q君)的妻,呵,现在都空了!可说是真吗?雨后的怪云一样,转变的太难逆料。自己时常恍惚的不知身在何处,有时竟好像自己被毒蛇吞在腹中,混我的身子在毒液内将溶解一色;有时亦好像在阴阴沉沉的黑洞里,恶鬼要在那石罅里钻出来虏我一样,吓的如冷汗在鼻上流滚,梦中哭喊。真真是真还假?

四月十八日

四个朋友同组实习,二个患肺病了,一个得到失了羽翼的消息悲伤了,只剩我半痴半呆的一个,要对付那三十个活泼的小孩,忙到腿里无骨,也觉得不能,只表现十二分的如是罢!

四月十九日

梦神吓醒我,起来很早。几天接连的雨,被东方一朵红云,就转变而唤起今天晴的乐意。鹁鸪不知求晴求雨,叫的厉害,似感触有同情之点。可是许多声音美耳的莺儿等,我是确断它们是一种自然快乐情〔调〕的表现。

四月二十一日

　　一个人,就是所谓人的一个人,究竟是一件什么东西呢?这在他的眼前,于他们如蔽了一张黑布一样,好的如埋藏山中的黄金,不好的如蛰伏洞中的蛇蝎,有了黑精精的乌珠,如盲人之在暗夜一样,永远找不到的他的家,他认为咫尺之内所有物,真可笑呵!我,心盲了,心盲的我哟!是最可怜的!

　　儿童在教室之于我,本来似有虎子的虎穴,心战战没猎人之能力,不知怎样对付的〈但〉缘故。原来天赋我以先生的资格,三天中似做过教育家的模样,非但心境泰然,而且还别开意窍。在其中留给我的一件伤心事,就是预抱极大的希望,我们三个人,想别开几十个儿童的生面,而现在不料剩落我一人!唉!人生是这么不能预测,似前途都是溺人的大海,向前走究竟何意?屋未成而先火烧了,未来真正可怕!我,还能咽下我的中餐吗?连绵几天的雨,趁下午少晴了到湖滨坐着:爱了水,几至我和她相拥抱了!在目前现出了一回梦幻!

四月二十四日

　　过被动的生活去教导一班儿童实在太苦,我的精神时时好像在几十个儿童环绕叫哭之内。我醒后的第一秒钟很冲动要去辞职了!不过比较些还有二件事可以安慰:1.教到的二十四个小朋友,还很聪明伶俐有孩子真态度;2.主任是〈纯〉和蔼的顾女士,还给我有许多可快乐的无形赠品;所以一天教四次,虽精神疲乏还不愿退却。否则调养室中的病床,已多我一张了。

五月一日

近日来过的是渣滓的生活,刻薄说一句,还是反刍动物所反刍而齿缝中溜出来的涎货生活!从昨夜到今晚,却有两件可纪念而令我心悦的事:第一,当然要算是昨夜的亲美梦,和一位——就是伊,拥抱着久长的 Kiss,就是醒了,还觉得全身如饮过葡萄酒,眠在爱人怀里一样。第二,就是今天的游湖了。这在我今年是第一次,因踏足湖滨以外,没有跳下船过。而所到的又是网膜中永未曾有的地点——灵峰寺。山幽静雅趣,多竹和梅,虽不高,亦可望见西湖、之江的白水上的划子帆舟。寺里陈设别致,僧云,如我学生辈,亦得住彼处静养。我的心立即若有所得一样,恨不得跳出学校圈,隐入这寿人的山翅下。僧——园净,亦不俗,且曾在教育界服务有年,办成都省立第一中学,自云从民国五年倒袁以后,就不再在社会周旋。所赠于我们的话,亦多新颖切实有见地。我国的旧道德,一赖师长的监示,二赖迷信的诱惑,自西方文化流入以后,前者为平民主义(Democracy)所吓醒,后则为科学所揭破,不能继续维持社会,我辈必求更彻底的来补葺。而社会主义于现中国似不合,但亦不可不提倡,一时不说,则一时赶不上别人,万年不说,则万年赶不上别人。后又谈到爱国主义和武力,而且说无论古今中外,武力不能亡国,只有教育、实业破产,乃真正亡国。说得我四肢投地,感触不尽。劝我们要服役教育界和研究科学,更使我说不〔出回〕答的话来。我们希望他应为社会谋幸福,而他以"吾老矣,无能为也"作复。更以他师兄——现在正在坐关,是一个德国留学生,学问很好,是一个社会上有名人物,更〈不〉使我想到佛界是超人一等。苦我没有割断尘丝的能力,得附在佛界为伍,终日碌碌,无悟无求,以致身体衰弱,精神萎靡,辗转于混浊的沟渠里,实在要自悲。太阳催我们回校，就于五时返。

五月二日

决定不愿做小学教员！自己如盲人一样，反而夜郎自大的走上讲台，信口雌黄地以为教导小学生，实在不应该，不应该！今天第四班本来是钰孙君教常识，他以他事临时托我代。而顾先生又说和小学生谈谈昨天的纪念日，于是我就入班。不料说到1886年5月1日第一次示威运动工人提出所倡三件八小时条件，我将他修改了，错教育八小时为睡眠八小时！那时我毫不知道有一条是我杜撰，我正像1886年那次运动的与会工人一样胆气壮旺，理由正直，但此时简直不知怎样改正〔才〕是！我也不以为几位参观人的笑我为可憾；也不以为此刻看到《五一劳动史》忽然觉得错了，使我全身发热战抖，一天快乐消灭了为可恨，实实在在的对不起二十四位小朋友哟！头部热，小学教员不愿做了！

五月四日

人都是疯疯癫癫的动物，愁呀，乐呀，叹息呀，怪喊呀，究不知怎样变态的！我也不应该责备别人，因我自己所过的也完全是这样波浪式的生涯，——一日数次起伏。但他们实有太过的！使我的耳朵在抖，我难能在他们身边坐着。

今天是"五四"纪念日，我应补说一句。

五月五日

如此过日，也觉好好的。不过雨总太多了，蔽遮了春的美爱流露，一面阻止我去伴伴西湖。

五月六日

四个小学生来叫我去帮着做美工。以后我就坐在教室内。在伊二人的面前,低语微笑的当中,很使我有不可言喻的刺激,流露出隐事,我也猜不破是什么原因,不过总想不出话来凑合伊们的意思。头热热的紧胀着,两腿间似战抖起来,身轻浮浮的坐在小椅上,手做那纸工,也疏松松的没气力了!我不知何故,总不能镇定自己,似有时在山巅独自尊荣一样。我是犯了哪种戒律么?不,确不,我确能将理性的生,完全无玷的捧出来,在那说了几句话!

五月七日

吃过中膳,望到短针正〔对〕着1时,就拿三本书送给伊们——设计组的三个教员。在那教室里交的,是交给顾先生转送的。我的意思——是在三星期内得到伊们许多无形的赠品,似乎将我的生命,高化了几倍,我不可不有所感谢。本来是应当的也寻常的事,不过当我送交伊的时候似乎有些两样,并不是手在战栗,况且心也十分宁静,微些间,似觉六角钱价值的书本,有无限意义和宝贵。而伊的受我,也和直率的男友不同(当然的),实含着奥妙而婉转的情谊。谢了我,又来谢了我,而且还夹着多少的真味,实在是我第一次的光荣。

五月十四日

在我的心里有一个怪物,正和我的胃病相仿,大概怕还有一种密约的关系罢!不然,何以这样来无迹,去无踪,总是缠绕着我,时时紧紧的呢?

五月二十三日

今天的这一次举动——兽性的指头行为,真使我痛骂自己不是一个人,还不值得撕碎喂那头野狗!实在想不通,所谓人是如是的一件东西。所谓有神圣的心灵的人类,也是如是做的和下等蝗虫一样的动物!外界的刺激,真不知道是怎样一种刺激,竟使我内心的肉欲火焰猛烧起来。自己是知道的,这是一种青年的罪恶,用了多少清凉的水来倒注——看书呵,散步呵,和朋友谈笑呵,结果仍然无效。我也认清,这有一种特别的内部发泄作用,成于精神界的不安宁,和思想的不正当,——早晨三点钟时的不安眠,所以有这一次的结果。于我的身体和人类的有神圣的心灵,似乎太自矛盾了。

五月二十九日

头昏,到校园走走,变了秋一样的天色,很将我的"我"加上几个 W 主义的问号。怎样是我今秋的行径?我的行径的计划已预备到如是了。但为什么现在要过十小时的机械生活?强不愿以为愿,我知道是人生最大苦痛的第二条。我必须要受这样被动的指挥,我才能得到下半年的生活吗?人毕竟也是一个"草儿在前,鞭儿在后"的动物吗?唉!我什么都可以,什么都愿,孤独的山也好,热闹的市也好,执钵也好,执锤也好。子路说的好,何必读书,然后为学。而且手卷口诵,自谓吐气扬眉的读书人,我更可恶的。我现在还要说这时是英文,这刻是数学,谈天是不应该过久的,湖滨是不好常去的。上半年的人,要做下半年的奴隶吗?唉!知道了!奴隶无论是为人做,为己做,都是不好的!被动就是奴隶,强迫就算被动呵!

六月七日

"过去的快"、"未来的慢",同是人的时间上的阻碍物!同是日神给人类的罪恶!今天,尤其此刻,想跳出这观念的范围,我,只有潜心瞑目了。

思想在"伊"周身绕着,"伊"觉到有无形的牵绊么?门紧关着,那边是冷冷的,宇宙的创造者,实在是错做了呵!

六月十日

在欢送场上,同学会诸君,要我们述毕业后的志愿。我,实在没有志愿,而且不成志愿,但我不能不说:"我"的在现实的世界上,好似几何学上的所谓"点",有位置而无长宽厚。说没有,却是确乎存在,说是有,却实在找不出这个东西。进一层,也可说小则小于电子,大则大于宇宙。所以"我"的现象,常有两种变态:有时呢,觉得自己渺不可言,在轻尘中飞荡,实在毫无意义,而且目不能及父母,言不能聆爱人,微乎渺乎,我之为我,实也如无!有时呢?则扩张到无限大,穷宇宙所不能盈,所以又处处时时似宇宙不能容我,而我竟无容身之地。由此二种,我之存在,和存在的近的未来,常不免流于悲观,且竟欲自杀!但这进一层的思想,是"我"的变态。真正的"我",就是几何学上的理想的点。怎样呢?通过一点,可作一无限长之直线;通过一点,可作一任意形之曲线,而且一切构成本形之图,皆以虚点为基线。此种是常形的我,真正的点的功劳,真正的"我"的责任!但我常被进一层的思想所侵蚀,有时则失之过大,有时则失之过小,真正的我,又恍恍惚惚不知何年实现。

六月二十日

　　本来已经筹备,今天听到这个消息,更加重我的努力,稳定我的志向,而且,假使定能考入东大学校,我决以猪羊谢天帝了!想必告诉我的朋友,也不至来骗我罢?所谓"伊也旁听"。

　　昨日全体同学欢送我们。有的说我们是姐姐要出嫁;有的说,嫁的不好——非理想的丈夫,终身是受苦痛的。而我也要说,我们是哥哥,现在像要离家出外了!但不知我们的前途是怎样。我也不说"鹏程万里",但看这,在十年后,片纸形容。

　　今天下午全体教职员,又留别我们在西湖公园。本来已有一种说不出的感情和兴味,而回来,七个人在一船,三位同学奏乐,呀!梅花三弄哟!柳青娘哟!行街哟!我只觉得是我的灵,在云霞缥缈中,与宇宙的自然,拥抱而混合成一体〈着〉了!更有划船的伊,——一位十六七岁的粉红姑娘,卷卷发风飘在额前耳壳间,眼不动而盼兮自见,唇不启而倩兮自流。我叹其命运,又羡其命运。穿着浅花白裤,袜翡翠般色,软鞋半旧新,是我所叹!腕扳着桨,身前后屈,水浪浪后去,船由是波波前游,汗从额上珠珠落下,跌在伊的怀里,表示出西子湖的真面目的一部分,而且阵阵风扬,将伊的灵,送到我的眼内,这是我所羡的!可惜地〔心〕引力不强,往常的船,怎么走的这么快,不得不使我们有俯仰之间,即成陈迹之叹!船抵埠,最后一眼,更见有一 The Brass Band Trumpet 静默在伊的位边。

六月二十一日

　　好消息次次向我的鼓膜叩门,好现象屡屡来我的网膜呼唤,我或者可以不致发狂了!在那一刻,我真完全不自知,好像眼前个个人,都成了暴猛的禽兽,利齿张牙地向着我,炯炯的两道目光,如静夜荒野中的紧急闪电一样可怕!现在,还好,都渐渐和平起来了!有的也会笑了!是我的命运,还好!

六月二十二日

今天于我不利,晨间被惊醒,隐约中似乎校中冤鬼大闹了!以后,果然,遇着人若个个对我白眼,而且继续的来了两个不好新闻,一个是一位小姑娘被辱,一个是携校具离校。人是兽毒最甚的动物,猛禽如鹫的眼珠,还是人的眼珠可怕的多!猛兽如狮的爪牙,还是人的手足厉害!口口气都呼出些瘴疠之风!唉!莫非一部分都不为我所冤枉了罢?如是,愈谓天国,即愈近地狱了!

从心所欲

十二年十一月以后　第四册

一九二三年十一月十六日

　　秋雨滴滴沥沥的落着,正如打在我的心上一样,使我的心摇曳出和秋同色的幽秘来。实在,这样椅子,于我不适合,恐怕因为太软,正要推翻了去找那岩石做成的坐着。不过,何处呢?无可如何,还是永远去立着,体弱的我,又不能做到!宇宙啊!为什么有一个"人"的大谜呵?我现在正在一间受三分之一的光线的房里徘徊,耳朵放在雨声里,眼睛看那不红不白〔的〕地板,手拌着背后,自然而无意义的走动两只脚,蹋躅之声,奏着雨打的歌调的拍子。两个小孩正躺在我的床上,谈些我所不懂的话。以后〈了〉,大的说:"先生!你很没趣罢?""是的!""为什么没趣呢?你能告诉我吗?""不能,因为我的心,不许我的口子再告诉别人知道!"我一边仍徘徊,一边慢慢答她。她想了一息说道:"我知道你了,你在想你的妻子?是么?""不,决不!""想你的父母?""也不!""想将来?""不过猜到了我没趣的十分之一。""你还为什么呢?哇,晓得了,中饭还不吃,肚里饿了!"说着,微笑起来了。我说:"不是,不是!你究竟不能知我的心,愈猜愈远了。""你为什么不能告诉我呢?我有心事,你都知道,你自己说明白我心的十分之八,你连一分都不能告诉我么?我又不和别人讲,哈哈,你以为我是一个小孩子,哈哈!"她的笑,含着一腔无名意义,很使我心里不自然,所以我说:"我知道你的心灵不像小孩子,可是我总不能使世界上的随便那个明白和安慰我的心,所以在我的今生,总没有可告的对象。对象就是领受我告诉而同情的人。由是我更恨我生之无为。宇宙间,我是人类的孤独者!我只有等待死后,或者会有人能领受而同情我的怨诉。所以我的快乐,也只可望诸来世了!"她听了我的话,好似深有所感,她完全明了我的意思,对我说"你不爱你的妻子么?这是你自己的不好!""并不不爱,她也能同情我的告诉,可是没法领受我。""为什么呢?你可写在纸上寄给她。我有时觉到许多话要告诉,可是没处告诉,我就写在纸上,自己读读,一边也可忘记了自己的没趣。至于你,更可寄这纸与你妻子。我还有,不过这些话你不能告诉别人,我现在告诉你,——我有时好像有许多许多……说不出哟,就是'爱'!要到别人,而一看,竟无人可被我爱。唉!我真气,真觉得无意义啊!"说到这里,她将〔身〕一翻,指着她的弟弟——他是抱着一只猫和猫玩——说:"同他讲讲,又不懂,他是一个呆子,——他是我的哥哥便好了。"于是我问:"你不爱你的父母么?""啐!他们是摆出大人的样子,哪个高兴和他们讲。他们专功讲嗜好,讲应酬,忙也忙煞。""你不爱么?""爱总是爱的,爸爸,我实在不愿意,品行不好。总之,他们是父母,我恨我没有同样的一个人,以先,在外国,还有一个 Lili,她也能明白我的心思的一半,现在,一个没有哟!"她摇摇头,作相逢无知己之叹。

我实在想,她的心里有我是她的先生的观念,否则,我现在减了十岁,和她同庚,她一定感到我是她的一个知己啊!我一边笑笑对她说:"你可期待,将来天帝定会差一个知心者到你前面来,你可期待。"她头一转说:"有这样好!""一定的,再过几年。而我是没有'几年'可等待了!"她一想,又说:"是否说丈夫啊?啐,我不愿意结婚的!何苦,同那些男人结婚,丧失了自己!""有不丧失你自己的男人,会和你结婚的。""无论如何不。就结婚,我也同女人结婚,不好同女人结婚的么?我将来或者不结婚,或同宝拙(按:一个女孩)结婚。"说到这里她实在不懂〔结婚〕意义,这正是她现在研究的一个问题,所以更头弯弯自是的说:"我将来一定提倡男人和男人结婚,女人和女人结婚,省得男女性子不同,时常争闹。"我不觉十分注目视她,就随口说:"正以性子不同,所以要男女结婚。"说完,很觉翻悔,不该以这话提示她。她问:"奇怪哉!我不懂,为什么缘故呢?"所以我说:"请你不必讨论这个问题罢!你再等几年,自然会明白人生的意义,我和你一样大的时候,也时时留心这些问题,到现在一回想,就觉翻悔。就是此刻,也更使我没趣了!我不能明白对你讲,不过望你绝对不要想它罢!"我仍旧徘徊着。她呢?更静默了,慢说着:"我晓得你们不肯讲的,不过奇怪,为什么不肯讲呢?我也晓得几分,不完全明白就是,有什么不可讲呢?你们不讲,我更要想它!一个人总有好奇心的。"我说:"我心里更没趣了,我想将我的没趣,告诉我的纸。请你们到楼顶玩一息罢。"她就立起问:"好的,写信给你的妻子么?""不,随便写写。"这时男孩也听够了,起来笑说:"要写信给你的妻子!"于是他们出去了。其实,天呀!叫我怎样写呢?除非有天使〔般〕的解剖学家来挖出我的脑子,放在一千倍的显微镜下,细细地观察,才能知道以外,怕再没有可写出的方法了!我只好坐下椅子又立起。椅子呀!

我实在要推翻〈了〉你了!

十一月十七日

昨夜一梦,奇极了!我正和伊牵着手忙忙在逃,刚从师校门口出来一样。后面,许多强盗——朋友,追来。我就用手枪放去,但很留心,向着天空不愿伤人。忽然逃到自家城隍庙了!迎面许多故友,都是死了的,玫妹也在其内。她问我为什么不回家,她就带我俩回家了。以后也糊糊模模,不很清楚,就醒了。我很怪,怕这是一个不祥的梦!

十一月二十九日

请你做个眼前主义者!你〈决〉可抛弃了将来,绝断了希望!因为将来一定和你无关系,希望就是你的罪过空想!你,你无论如何,看看你和两孩照的相片之美丽和真情;电灯光的辉耀,映在墙壁上雪白!或者,想想晚膳的滋味,睡觉的舒适,还可用你的手去摸摸被褥的柔软否,温暖否;否则,你就安然入梦,待天亮又起来好了!人们要求你,你有的,你可给些〈回〉他;你没有,就如此过去好了。人们请你吃,你也不必客气,总之,你知道一个眼前就好了!

十一月三十日

今天我又这么明白:——你要〈你〉为人生而人生!不必绝望,不必奢望,绝望是以你为过去而人生,奢望是以你为未来而人生。这都是可悯的错误,你必须分清界限!譬如人得住在屋里,一所普通的平屋,人若以永久定其为〔破漏于〕这屋而不愿住,错了;若以妄想其为高堂大厦于这屋而不屑住,又错了!只可修葺其破漏,扫除至清洁,空气流畅,日光照耀着,很好了!所以不绝望,不奢望。〔绝望和奢望〕——这是使你精神堕落的魔鬼！要有望于此刻的一刹那，暂说"现望"！

十二月十日

真正难过啊！在一件普通性之下的可快乐事，正从我预想当中的美丽的跳舞〔中〕完全消去而成了无聊的盘桓，真正罕奇而使我难过啊！人们所想象的未来之快乐，事实的不中肯，本来足以左右他期望的结果之对否，但美味之适口，谁曰不然。今我，啊！知道了，我病了，病的现象了！在病了的人心上，常想出一种食物来安享他病里的愉恬，〈使〉消解他几分不自然的心意之困闷；迨食物一上口头，甜的却变成酸了！咸的却变成辣了！和美的变成苦麻了！一切实际上的滋味，时时都变成适成反比的反应来。以此，觉到世界上是没他的安慰物了，他是人类〈此〉宇宙外的一个人。我，现在正是一个"他"啊！

昨夜在师校和朋友谈天到半夜，所以就在那处和朋友同榻。今晨八时〔回〕来，只见桌上有一封信，是长方形的古式信壳，中有一方长方的细的红线印着，"黄坛寄"三字正在左边的线外，下注着"十月廿七日"五个小字。我一眼看见，虽字迹不像，但可确知是二星期前寄给伊的回复物。拆了，抽出来一张信纸，从头至尾细读了，再读了，笔迹与语气确亲系伊出。素瑛啊！我也不可骗了我自己，当见着信和拆时，也似有昙花一现的甜味，暖到我的唇边和舌头，但一读第一句，悲哀立即就涌到心上而起来，到末了，悲哀就满浃着周身，周身的神经与血液、筋肉、骨骸、腑脏等都成了冷的慢的蠕动。除了精灵高标囚犯的苦痛般之帜外，我在床上一倒，正似那八九十岁老翁的神意朦胧时的睡眠一样。但我若不看罢？又不能！愿自悲哀，愿眼泪的流出眶中，愿手帕拭的浓湿，我仍是几次的从信封中取出，读了，一边深想着读了；又折着插入壳中，藏了，又取出的反复做着，和小孩的读四书般。无为啊！自扰的无为啊！快乐的自愿行为，是何等有滋味而使忘却了一个我的愚笨的用意，今，我却反此而成自知的自苦，深一层的悲哀。素瑛啊！我对你是有他心么？我可对天说，没有！永没有！素瑛啊！这是我的心病了！

在我过去的二十二年中，留深刻的印象而永垂纪念与不忘，怕只有两封信罢！

十六岁的夏里，从未走离家四十里在外住宿过两夜的我，却步行了二百里，到临海进第六中学了。一种陌生的寂寞，竟使我十来天的光阴，好像老了几年一样。除出几位同乡有时的聚谈外，其余不上班，真闷的难过极了。而且不合适的习惯和环境，加上那处和我不相投的同学的心情、语言和举动，更使我表〔示〕出离父母的孩子气味与态度来。在生疏而不自然中过生活的我，身外一无足亲爱的人物，竟在睡后，能滴出眼泪来。这时父亲有一信来了，他大概的意思，不过说些——你不要记念家里，你要用功，保养好身体。而我快乐的了不得了，比教师上着的国文，还多读多少遍。非但消溶了许多寂寞，而且增加上许多求学的努力。这是我一生开始所得到的第一封信，深印象的快乐之信，使我永远不忘。

今年的夏里，我从师校毕业后，到了南京，居留在一旅邸里。正在晚餐的时候，和朋友吃着一只红烧鸡儿。第一块上口，蓝信封的信呀，由茶房递到了。枯干于精神的性之发泄的社交性，而且富于瞻仰人生的美丽方面的青年，我呵！何等快乐的知道了这是女朋友给我的答复。急忙地背着朋友拆开了，引出了五张信纸，细细密密的一句一句快读，心完全在信笺上跳舞！乍的在伊身前，乍的在〈另〉伊介绍的一位朋友身上，乍的在伊哥这里，乍的又在实习时间,乍的又跨到离校那刻,乍的在杭州湖滨,乍的在上海车站。我的过于活动的心呀,差不多当伊每一语提示时,就到那里走一遍,快乐的奔跑,将怎样使我身体的呼吸,失了常度。于是饭也不能下咽了,有味的鸡肉,只好让朋友咀嚼了。胡乱的淘了一些汤,吞完半碗饭,——尝不出一些什么滋味,就带着信在鼓楼公园的小山上,浅诵深想,到了太阳没一线光辉射到地面的时候,我才回寓。啊!说不出感想来,而不愿使人知道我的快乐,这种快乐,是怎样的乐啊!而且当十时朋友睡了以后,我立即拈纸作回信,不自觉的到了十二时写出七张信纸。从头一读,又觉得感情来的太强与太速,在第二次通信,不当如是,重又撕了!因为第二天有重大的工作催着,不得不勉为去睡,但终于睡不着,辗转反侧在床上,怕又到了一二时,呀!这种深快乐的快乐的信,是我于柔性的第一回,我是永远不忘!

今天哟!素瑛!我太委屈你了!我对于你的信,虽也读熟了,而且紧贴着身边袋里,但我终久对你所表示而传递于我的,我没发过笑声,开过笑容,跳内心的一回快乐之舞!素瑛啊!这样我对你的真朴的态度和悲苦的心思,你真可求天帝责罚我哟!我想:

第一次信的态度,是纯粹的清的快乐,如适口之黄酒一样,我的心是何等舒畅安爽哟!第二次信的态度,却是剧急的浓的快乐,如火酒之入腹一样,有多少强烈的反应。现在,如水一般的淡的快乐——真果,还没有快乐可说呀!因为眼泪,万不是快乐所选派的代表!虽则,素瑛啊!我承认我的悲哀,是对你所现的快乐之到极点的反动。但谁人肯相信,当填充他厚爱时所期望的宝物的空穴时,所报答的声音是叹息、是悲嗟哟!(以上是上午十二时和下午三时写的,以后是夜里了。不〈心〉过,余悲未了!)

我不是盲目的自扰者!虽则我也知道,我的眼球里,是多悲哀的质素,但我决不是一个奢望、厚责,而梦想的愚妇人!悲哀是快乐的深一层的内室,我不能不道出其道理:当我的第一眼看到你手中笔迹的信时,即联想起你是一个不幸的智慧被摧残者,你是背时代的人生之落伍者,我的爱妻,我和你是同样的在做幼稚的小孩!我是你的哥哥,你仗着我牵你步行么?失乳的小孩!你只是单调的号哭!一般妇人,非你的母亲,"这样的你",我的心是何等难过呀!第二,读完你的信,你实在表〔示〕不出于我的浓郁的情感来,反有客气的生疏话,于是顾君给我的〔信〕模糊的在脑中背诵了!一个中等〔学校〕毕业者,是如何口齿伶俐的雄辩过一个小学蒙童!这又使我难过!第三,当我从师校来,途中泥泞污湿,险滑难走,一个挑菜进市的老翁,正气急的去,我就感想到人生都是夜雨以后的卖菜者,所求的真不知什么东西!又遇见了一位上学的姑娘,伊坐在车子上翻着书,读伊的功课,于是又感到那时的伊,是人类的荣幸者!总之,我是抱着一个"吾不如老圃"的观念,到屋子里来,变作读伊来札的背景,不料又成了悲哀的动机!我真不幸,我既委屈了自己,又委屈了素瑛。一般的悲哀,跃跃地在我心头,我不知何时得磨灭。无穷期的深一层的快乐哟!无穷期的悲哀!素瑛!你的明年!

十二月十八日

亲爱的呀!真是你的不幸!更是我的运命所注定的悲哀呀!你收到我的二封信,你说对我所反射是"很快乐"!可是我呀!太对你叫冤了!今天本有我快乐的美意蓄贮着,当邮差递你二次信来时,不料一转眼,美意竟被二个孩子打破了!打破了!手拆你信时,已很愤懑的震颤着身子,更读到你的信呀!如何了!"你的明年"四个字,我已早预想过了,容易和艰难,就是痛苦与幸福所羁绊的我们未来的人生。不过,你的读书这诵念,竟使我的父母和兄嫂们不快乐,素瑛哟!你的真实反使我疑心而难受极了!父母是绝对爱我的,当绝对的爱你,谁有欲其子之美声,而命其吞炭者!谁有溺爱于其子,而见其子之形容枯槁,颜色憔悴不心忧意虑者!素瑛!请你万勿担心、悲苦、愤恨,总得自然而过去,有我们的存在而存在,你自快乐罢!

现在的我呢?美意打破了!我真替自己抱无穷期的悲哀的忧怨!天呀,当我接到谁的信,假如内容没提说什么病与死的伤心话,我总是有快乐的意识,到脸上去现荣,虽有时心里难过,亦好似另一问题般。而对于你的啊!二次信,始终没开一回笑声。今天此刻啊,更有哭的纪念!因为此信,乃我或者可发一刻满意的乐愿,又被无为的抢去,所以我中饭也吃不下去了!只好顿足顿足,在床上放下帐子,盖着被,私自流泪了!我不知道悲哀之神,步步跟着我,素瑛啊,使我实在委屈了你,委屈了自己呵,悲哀之神哟!

当夜发热,此后就病了!

三月九日

一九二四年一月三日

我是去年末月廿八日到家的,伊是今年的第一日回来的。相去不过三四日,在我心上实也隔着一年〈和时间上所计划的〉一样。在伊到家进房的一刻,我十分的跳起欣美的心,一面就不自主的伸出手,紧握了一会。待放好了东西,和伊共坐在床框时,我就向伊拥抱了!可是浸惯于旧风气的女子,不知日间的拥抱,是更甜更美于夜半的接吻,所以伊说,你总是如此的!似乎,我不该再如此,作出儿态的快乐来,致失了大人的风范;或者以我不知悲哀——旦华之死是什么!

伊以后轻轻地对我说:"你为什么来的这样早?很好,因为我这三月来名义虽算请了一位先生在学教,其实没什么书读来。读起的时光,真忧惶极了。"我就问:"你读的是什么书呢?"伊说:"是《女子尺牍》,共读了两本,还有一本国语文言对照的范本。读起的时光,每日上四课,生字许许多多,总是记不熟,记着这字,那字又忘记了,先生也被我问的要死,她总要告诉我。有时我和仲瑛说:仲瑛!这样记不牢,我不读了!仲瑛总劝我心不要着急。读了一月,方觉的有些轻宽起来,但一到天气冷起来,就不对了!每天早晨睡到十点钟,还懒洋洋的起来吃饭。吃过后,坐在太阳光下,名义摊着一本书,其实你一句,我一句,不知谈起什么天了,夜里也谈到十一二点。对于书本,确实不留心了!现在却望你了,你有什么书买来?"我即说:"我有《疯狂心理》《人类的行为》《人生观与科学》,还有几本,都是新出版的!""不是,你代我有什么书买来啊?"我就半说半戏道:"你没有叫我买什么书过!"伊就不愿了:"还说这话!你总记不着我!你也应当看看,我有什么书可读,买几本来!"我知道伊有些不快,就转换了语气对伊说道:"不是没心,我的心上所记系的只有唯一的一个你,你的事,就是我的,我哪有不为你留心着意!实在,我到遍了各书局,找遍了关于你可看的各种书,文言,不是太浅,就是太深;白话,不是太俗,就是太奥,而且还配不上一个'奥'字,因为'奥'字在文学上总有相当的价值,而他是无非调换别人的辞面的花头,毫无意义的。费了几角钱,在我倒不可惜,使我去买这些东西,总有些不愿,而且于你的读书,更有无为与浅薄的阻滞!"似是似非的说了一番,伊不得不疑惑的问道:"莫非以外面书局之大,竟没有我可读的一本书么?那么,像我这样的人,就没有书好读了?我总不信!""你不信么?我实在找了好半天,查过了许多书籍。"伊插着说:"那末我只好不读书了?""不是!我当然已代你设好法。""什么法?你总是空口来骗人!""你还不相信我么?老实说,我想,你所读的白话,我到各杂志里去选来;你愿读文言,我也在各古文书上,选文辞精美,文义清晰的给你读。""那尺牍呢?""尺牍么?还是我自己每天写出一篇来教你,比街坊书店上买来的,总好的多多!"

这样在当夜商定了,昨日一早,伊就催我去找书。我懒洋洋的和伊说道:"你这样用心,假如在满清,怕读一年,就可考中状元了!"伊即说道:"可惜我以前不明白,现在只有自悔,——叫我读书也不愿。在现在,给我读五年,我总还好了!"

和伊到楼上书室去找书,但找来找去,仍找不出相当的书来。我就对伊道:"白话,你还是读读深些罢!太浅了实在没意味。这本小说,叫做《少年维特之烦恼》,是一位郭先生从外国书里译来的,内容颇好,你读过定十分满意!"伊就接去一翻,一字一字的读了几句,还问我二三只字,就对我道:"深是深些好,假如不懂,就少读些好了!""是的,白话你还是读这本。文言呢,你先将这《古文观止》拿去,里面当有几篇精华的短文可选。今天要读,就读这《春夜宴桃李园》篇,明天又选。"一面我指着,一面仍翻着别的。伊就说道:"这里一篇,那里一篇,翻也翻不着,怪讨厌的!""那末你先拿去抄起来。""呵,抄是抄不起来的!""那还做我着罢,总要代你抄!"两部书总算暂时选定了。还抽出一本小字帖《星录楷书》,一本大字帖《玄秘塔》给伊。

在昨天的半天,任凭谁的读书热,莫过伊的猛烈了!伊看着伊的行李零乱,不收拾;伊不和别人作久别相逢的滔滔长话。伊只说"今后当用功"。所以在一节的《少年维特之烦恼》和一篇《春夜宴桃李园》,问了数十回的生字,也不知艰苦。不过以后微笑说:"这些书都是空话,读读真难,解也费心力!"我就对伊实说:"素瑛哟!你读还是我教的苦哟!照这样,我心实在焦闷了!不过你总慢慢读。"一边更怜惜伊运命的摧残,背时代的不幸!

今天晨间,伊已怀疑了向我说:"那本什么《少年烦恼》不读了,句子如刺蓬般扳来扳去,讲不清楚!你帮我换一本罢!"我也知道这是实在情形,所以答道:"那么,我再去寻一寻。"房桌上,散乱着好几本书籍,在伊无意中,摸了一本上册《红楼梦》。我就依着欣然道:"你读这部书很好,这部书里的故事,有些我已和你说过,你是欢喜的。宝姐姐,林妹妹,你还记得么?你现在正好读。一边亦可晓得些小说的滋味。假如你以为太多,我好拣最好的几节给你读,如何?"伊也只好笑眯眯的说:"好的,我依你。"所以我今天课妻的课程是:

白话 上午 宝玉初见黛玉一段(《红楼梦》三回)

文言 下午 秀州刺客

尺牍 夜 平复致瑛第一封书

一月十四日(十三夜事)

"我定明日上午偕朋友到黄坛去一趟,严君说,定必可使我看仲瑛一面。五时当回来,你允许么?"

"你的朋友,总谈看看这个,看看那个的事,怪不得有这么长久的话!空空的,又要到黄坛去,来回三十里。将来一定熟识的,何必费力。你自己说,太疲倦了!"

"将来的她和现在是完全不同的,结过婚,一个人就没意思了!"

"你的心总在这些地方用,正经的事,早晨对你讲过,偏忘记了!人家说你规矩,不知你规矩的心肠,竟是这么!"

"什么是规矩啊！规矩是呆木的解说么？爱'美'，就不规矩么？我决无别的坏心肠，不过人们称赞为天使的仙女，究竟是怎样的面貌，我总要一睹为慰。因为在我眼球里所走过的人，和我脑中所想象的一般美，总距差的太远了！她，更和你是姐妹的关系，并头常睡的，不知你的福到底如何？明天，不过说说，不去的，——家中的事虽用不到我，总不好远离。不过我总想快快的见一见她！"

"你今夜去见也好，说不定明日不能远离！你总有你的道理和心意所关注的一点。我，我还是学着做个呆子就是了！"

"你说出这话来，十分使我不安，你还疑心我不坦白，假如你以为不应当，就不去好了，何必看作这么重大！回过你的脸儿来，你万不可有别的心思加上我，使我对你所说的话要用一番思考并秘密。……给我〈的〉臂儿！"

"请不要这样！秘密不秘密，我统统知道了！你不对我讲也好，横直我……你去对别人讲，讲的人也有！……"

"你竟这么生气么？天呀！你为什么不在一点钟前给我哑了嘴，或者轻些，给我脑筋麻木一下，使我想不到这种话！我今晚没有饮过酒，我的神经思潮为什么这样激荡呢？素瑛！我求你无论如何要消散了你的一些不安气，吻一吻罢！我求你！……"

"你不用这样！有可爱的人，你真不应来的这么早！早晨你不是说过么？'我真回来的太早了！这样糊涂的过去！'你自然在外边过的不糊涂！"

"你真疑我留外〔不〕正不好么？你连这话都疑作我有恋外心而发的证据么？素瑛呀！你太冤枉了我了！我虽和顾通了几次信，原因早早告诉你过的！而且现在确实断绝了。你还想着么？假如我真真和她犯了病，我也不肯将通信的消息，完全明白在你面前宣布。我纵是一个呆子，也总知道保守秘密是要紧的事，何况我很会瞻前顾后,明白人生一切的呢！素瑛！你万不可多想,你必须明白我此时之心之苦痛！"

"你的心之苦痛,何必要我明白,自然有明白的人在。你可起而写信了！自然会明白你的！像我这样的人,何必明白！本来是——同她讲了一夜,一句也不明白——的人,只要——一年六箩谷,三十元钱就够了——的人,很容易设法的！你真结婚结的太早。"

"素瑛啊！你这些话,从何处讲起？"

"从西湖边手挽手走的时候讲起,这些话传到我的耳朵,会谎么？而且我假如添上半句,结果……"

"我要掩了你的嘴！素瑛！究竟谁告诉你的？我也不愿赌咒,天在头上,地在脚下,我实不明了何时说出什么六、三十的话,而且更不知何时,和谁挽手在湖边上！素瑛！我的心情,完全被你抛在冷水里。素瑛！我全身战抖的很,你提起我罢！"

"安〔静〕些么！说过也没什么,没说过也没什么,你又何必这样！帕儿拿去罢！"

"你给我揩了,因为这泪是你赠给我的,还要你来收还。——究竟这话你从哪里得到的？"

"我问你究竟说过没有？"

"没有！假如说过,烂掉我的舌！"

"你又来了！以后只准好好的讲,不许说不祥话,因为任凭怎样对我话过,只要你心里明白就是了！你不要手脚乱动,我还问你,——你下半年同她到底如何？"

"完全没关系,好似从未认识过的朋友一样。"

"你的心情不是这样冷！"

"在路中偶尔遇着一回,她却回避,更从何处与她语。"

"你为什么将身子遭到这样消瘦,甚而病了回家?半年所赚的钱,非特一文没多,倒从家中汇去,并不见你买回好东西,不过几本书而已。你能瞒过这些钱是用在什么地方?"

"我自己对自己也回答不出,不过决没乱用一文在我所不应该用的地方!"

"我不明了你这话!还有,你对胡君说,将来定走两条路。"

"什么两条路?"

"一条,你说过又忘记了么?剃发入山,想做和尚;一条,宿娼娶妾,想入下流。到底什么意思想出这二条路来?你毫不顾念到我么?"

"我们要好了的朋友谈天,常有一时想到,不顾前后的话。很多的毫没意思。不过,譬如你方才对我的态度,很使我想到这两条路上去。你自己想想,我不过一句平常的话,你就看作霹雳在你的心里响一般厉害,好似我是一个堕落的恶棍,你是太冤枉而欺侮我!我生了二十二年,对于过去一切行为,我毫没有负人一回的事情,何况对你!"

"同未出嫁的姑娘通信是应该的么?"

"也并不不应该?……好的,不应该罢!"

"我一切可随你,我决不阻挠你心上所计划而将来要做的事情,我也没能力来阻挠你!我更和你讲,假如你有心爱的,你确好同她重结婚,你的父母不承认!我也代你设法。"

"不许再讲这话!因为你的话,是越讲越没道理!我想不到你的心存着对我是这么一种颜色!素瑛呀!辜负了共处的这四年,你我心灵之域上还隔着这样辽阔的沟,不过,今夜决不要再说了!就讲也不要讲类似这样的话!我并可选择很美的一夜,我愿意在团圞如镜的明月底下,将我心府里一切所藏蕴的东西,统统给你瞧了,如何？今夜,望决勿再咀嚼这俩不安心的话！我还望你允许我这样事,……。"

"安心可睡了罢。不要这样。我本来还有许多话！我当服从你的命令,别一夜再讲了！啊哟！钟岂不是敲一点了么？会这样快,无意思,无意思,将时光拿来拭泪,不应该！以后,别一夜不许再说,因为我已窥见了你心内的一切,望你明白我心内一切就是！以后,别再谈起！我们总要过一流畅的日子,定一个约好么？假如谁先讲给谁流泪的话,谁定要给谁磕头,好么？"

"好的！此刻还是我对你先磕十个罢！"

"不好！今夜不在你,错在我,我太怪了你了！因为早晨对你讲过的事你竟忘记了,所以心里对你一句很平常的话,也难过起来。时候太迟,可不再讲了！明早家里有事,还要起的早,我们安睡罢。"

"我神经太兴奋,一些不要睡着,亲爱的,此时除了你的美灌遍我全身外,我没有一毫〈别〉杂质存在,亲爱的！你允许我这件事！……"

二月九日

是的！这是我十五年前的朋友,未入学校时的朋友,而且确是我一个时相游玩的好朋友！呀！现在的他哟！在午前十时我的庭前,竟成了这样一个！呀！怎样的人生之影,谁会捉摸的到？

他眼睛完全瞎了！来到我家屋里讨饭！他两手捏着两根棒,走路是以记忆中的想象为根据。一件破烂的棉袄,纽扣是统统没有了,靠着一根绳裹了他的身子。裤子是一条蓝将变黑的单裤,在右大腿边,露出一块大洞,表明他的十年来未洗澡的皮肉。两脚是赤着。在这寒冷的冬日,适足以更可怜他是一个堕落的不幸乞丐。

他的圆黑的面貌,粗笨的口音和矮短的身材,恍惚和幼时还是一样。父亲告我道:他讨饭已四五年了。他的双目失明后,他的父亲接着就死,他于是就夜宿庙堂,日行街坊了。他的哥哥竟做了贼——一月前被北门人捆打了一次,近来不知流落何处了。他的嫂嫂,自从和某人相好,被人发觉后,就逃到上海做佣妇,其实,恐怕是娼妓。不过,当他的父亲病在床上一年,什么东西都卖的精光了时,幸亏她倒时常四五元、七八元的寄来,做药资等用费。以后他的父亲死了,她闻讯,也立刻赶回来,一切葬费,也拿出不少,反而弄的很完美的,——虽然赚的容易,倒也难得。就〔是〕对邻里亲戚,也很和善。她回往上海的时候,竟连夹衣都卖掉作盘费。听说也有几元给他,而且劝他真正地寻一桩瞎子的事业,将来还愿帮他娶妻养子,总望杨家后嗣不绝,而她虽以身体卖钱,到老了,总还想有家可归。可是他呢?竟忖讨饭爽快!这也恐数该如此,上代作了孽,以致他父亲跛脚,长子做贼,次子眼瞎讨饭。

我默默的听父亲这一番报告,昏昏然似隔世一般。在十五〔年〕前,我正八九岁的时候,尚未入学,以邻舍的关系,常到他家去的。他的父亲是笋行主人,一脚不善,家境尚得过活。虽他和他的哥哥,从小就惯会偷钱赌博,欺骗他父亲——母亲听说早早死了——一被知觉,常打他垂死,或用绳捆住在桌脚旁,经过三五日。而他们总随放随忘。然不料竟堕落至此!

我此刻颇自恨,在那时没有找住他,问问当年游戏的情景。刀戟做起来,我做赵云,他做牛皋,大战了一阵,擦破了他的额部,他哭着告诉我的爸爸,他记得否?(在少时,我这种游戏也很少的,因为身体薄弱的缘故)。他现在脑中所想象的我,究竟怎样的一个,他若肯明白具体说出来,我也定有一番舞笑或悲哭。不过我是难于寻他了。

由是,——素瑛啊!你先睡罢!我的血管很膨胀,我更记起我那时的拢总几个朋友来了。他是姓杨的,和我同年;还有一个姓张的,也和我同年;少我们的,还有两个,一个姓石,一个姓刘。我们这五人,是从社交本能萌芽时,就彼此相识,直到我十一岁入学校后才与〔他们〕丢手。他们四人,都强比我,但个个颇对我亲爱,在人群中总不使我吃亏,而且听我的命令。不过这时的世界,是混沌的,我们决没等差和未来的思想,所以我们是受全量的儿童快乐。可是,现在呀!一想起,就觉人影凌乱,各不相识了!儿童时的情感和活动,就像隔世的一般,恍恍然不知如何了!而且使我满心悲哀的,是这班幼年朋友,竟四分之三堕落了!我虽不是超升,但他们的人生,竟如〔在〕沟渠辗转!

张姓的,自从他的母亲死后,即入店做生徒。不过恶性得自遗传,他总是干偷钱赌博的勾当,于是被店〔主〕逐出;接着生了什么病,从此就人不似人了!

石姓的也是父母双亡后,荐在上海做什么。不过上海是万恶之薮,处处布着引诱青年为恶的机会。于是宿娼也会了,扑克也精了!香烟是他们所不消说的!以致债重压身,遁回乡里,在各亲戚家寄生着,现在竟和一般流氓共栖息了!

还是刘姓的,我数日前尚遇见他一面。他是荷着锄,赶着一条老牛,一步一步在南门外走,还有清高的人生,在他的周身发焰!不过遇见我,总有三分之二的不相识。朋友,我很愿在你面前谈笑,我心里想着,但他早笑眯眯的走了!

天帝啊!我是从你手中所得到的幸福之果独大,但你怎不分给我幼年小朋友每人一份哟!

〔附〕

三月二日

寄袁新产先生一函。
寄吴文钦君一函。

三月三日

寄家中一函。
寄邬光熤君等一函。

三月四日

寄潘天授君一函。
寄胡建寅君一函。

三月七日

寄陈季章君一函。

三月八日

寄复童中岳君一函。
寄家中一函。

三月九日

寄应蕙德一函。

三月十日

寄袁新产先生一快信。

寄陈昌标君一快信。

寄家中一函。

三月十一日

寄童中岳君一函。

三月十七日

寄邬光煜君一函。

三月十八日

寄家中挂号一函。

三月二十一日

寄潘天授一函。

寄袁新产先生一函。

三月二十四日

寄家中一函。

三月二十五日

寄童毓灵君一片。

三月二十六日

寄(此处原来就是空白。——编者)。

四月十二日

寄家中一函。

四月十四日

寄天授一函。
寄郭永炘君一函。

四月十七日

寄范兴域君一函。
寄郑鹤春先生一函。

四月十九日

寄邬光熤君一函。
寄家中挂号一函。
又寄明片一张。

四月二十三日

寄陈昌标君一函。

四月二十六日

寄家中一函。

四月二十七日

寄潘天授一函。
寄西哥一片。

四月末日

寄萼邨先生一片。

五月一日

寄邬光煜一函　附中岳。
寄李延年一函。
寄王雪坤一函。
寄李乃培一函。
寄裘贞伯一函。

五月三日

寄昌标一函。

五月五日

寄光煜一函。

五月八日

寄潘天授一函。

五月九日

寄家中一函。

五月十二日

寄昌标一函。

五月十七日

寄赵邦仁一函。

五月二十二日

寄光熤一函。
寄昌标一函(五)。

五月二十八日

寄家中一函。

五月末日

寄文清一函。

六月一日

寄标一函。

六月七日

寄天授一函。

六月十一日

寄光熤一函。

慈溪时期

一九二四年三月二日

我又漂流至此了,为食物所诱引,物质的势力的侵入,左右其存在目的的东和西,使其生活之变态。人类呀!你不过〔是〕一只没翅膀而飞行觅物的禽类罢!太苦了!消失了真正的主宰力。在一来复前,用他主观的意志来比现刻所包围的立足点,是怎样的水石之异性!好了,平复,安心,不要说罢!明天可到北门外慈湖去一趟,伊是人们的镜子,你可瞻你自己的容仪,究竟是怎样的一个——还应当用"只"字——灵性最高的动物平复,先知道你是怎样的一个,不必胡思乱想了!

五月十日

我总觉说不出什么来!光阴过的这样快,生活又太无聊,低浅和淡薄,我真说不出什么话来解释自己!此刻是晨间,东方也居然辉射出阳光来——过去五个月,怕不过见到四分之一的太阳

罢！——心里也有异样焕然的吐露,所以十二分地自觉,写就一张格言:

> 活着要活的痛快,
> 死了便死个清确,
> 平复！莫忘人生真正的意义,
> 你立身的价值！

六月四日

梦境太繁复,杂乱,记不起是怎样的一个人,手执长剑,赶我醒了来。窗外却一片模糊黯淡似古墓样,除出许多悲季节的虫儿,萤萤然如远远的音乐队的声音传来外,没半点人们震动的声息。(隐隐的从会客厅送到的钟声,似敲四下。)实在呀！想那时的人间里,除了我——只有一个我——的身体是辗转的清醒外,任谁不在享受那玫瑰般甘美的安慰而沉眠啊？除了我的精神是奔驰的活动外,任谁不在饱啜那葡萄酒般温醇的赐赏而浓睡啊！单孤的我,是尝味那非份思潮的澎湃力的辛辣,我有多大的天赋,能忍受这司晓神给我的厚礼！这在我是好苦！一块宇宙,纵的,从星云块到了冷寂期；横的,从太阳的发光点到了海王星以外,我层层的想那荒渺的历程,却似方才梦中的游荒山一样,找不出一点的适当来,确定自己。

我想,我是一个点,以我的刹那的连续,在人间住地之一尘点上,活着了二十三年。在这二十三年间,容我说是无限久长,或短促；容我说是无穷变化或固定；容我说是空虚或坚实；容我说是无为或有为；容我说是苦痛或快乐。我这么想,任凭花开花谢,叶绿叶黄,春神和秋神,交替着代序而过；任凭山峦叠叠,河水滔滔,山神和水神,并伍着呼啸而走,还加许许多多景象笼罩着周身,结果,我总不自觉的仍是一个我！平复，永远是平复，在母亲腹内，已是平复；在黄土堆中，还是平复。所差的，前者是一块血肉，后者是一副骷髅！现在呢！拿醒睡做代表，仍是醒睡循环着！究竟怎样是我的过去，怎样是我的未来，心懵懂的人，想不清楚罢？不过当一转念（这转念的起因，已无从稽考了）。和这意义相反的见地，又立时流水般滚滚而来。我记得我是一个幼小的孩子，跟随在父母的膝前，玩弄纸花、竹剑等玩具，被外祖母呼为一个眉清目秀的熟年儿（因为我生在收获丰登的时候）。可是现在竟似青春期已过，精力〔似〕放完了红，消尽了香的花朵，萎靡瘦削了！外祖母已早到她的外祖母〔那〕里去了。好悠久的间隔，连影儿也想不清怎样，我自己竟从做父亲的儿子，变做〔有〕过了儿子的父亲了！我记得我是一个被教的小学生，现在是一个教小学生的了！先生率领我们一队去游玩，现在是我自己率领一队小学生去游玩的时候了！啊！怎样一切轮到我自己的身上，是这样没声没息的飞快呢？这么一想，我又只自惊了。

近四个月来，完全觉得自己生活是浅薄无聊，虽在此中有两件较大事，一是妻子至西城读书三天；一是母亲病急，电召返家一次，勾留半月。很似有异样的刺激而兴奋般，多多少少于我的生命之路有所转向，而且于亲子之爱、妻夫之爱，有基本上开辟的明晓，但结果的大部分，仍是消磨在一群不美化的穷而怜的孩子队里，尝非我的不自然的书本粉笔和教鞭的滋味。我真是烦恼而抑闷！啊！这种非我愿的强迫，我得告诉谁呢？实在，天天来，除出三餐的膳食是我的希望，一宿睡寝是我的安慰外，其余都是我叹息的资料。小学教师，我真似吞石般的苦楚而难下咽了！父母西哥等不我明知，而明知我的朋友们，又无能为我力，因为他们的被压迫也和我一样。天啊！我们只有仰首长呼，和你苍苍的美气做知心了！

而且我的脑袋的罅隙,日大一日,装注进的色物,顷刻漏尽!意志的弹力性,也似失了效用的橡皮,任凭口头上说"不轰轰烈烈的生,当痛痛快快的死!"究竟还天天断断续续的呼吸着!成个垂死的我!啊!多少是重来的日子,竟这样偷偷的过。

刀是不利,手枪又没处借,投河,又禁不住腿之战抖,硝酸又饮不下去,只有照照镜子,四颗没神釆的目光,两相无力的窥视,苦!苦!

六月六日

记得伊说,一定今晚送香袋来。我一步不离的守候着,朋友十二分地叫我到隔壁永明寺去一趟,也坚坚诚诚的推辞了!但,太阳就要西边下去,假如晚餐一吃了,天就黑下来,还待何时!伊,我的仙妹,为什〔么〕竟不来啊?人是无情的么?不愿说!人是有情的么?十四岁女孩会用谎,我又不敢说!我也不怀疑,还慢慢等着。

六月十二日

我堕落到这地步!我料定有大难临身,重重的病症的羽翼,仿佛在我周身扇闪着!一坯新坟,我也明白的在梦中安睡过了!我知道未来之如何和要如何,而我仍天天并夜夜作自甘坠入深渊的而不悔的手续和思想。求救的呼声的薄弱,抵不过由求救而起之挣扎的下陷之坠力之重大!该死的我,真该死了罢!不然,你应当知道你自身的宝贝之宝贵和爱惜。你应当高飞你坚决的意志之艇,以达到环行地球的目的。虽则你年来的目光所射之色彩,不愿荣显之红,时髦之白,但你应该超西马拉雅山峰而俯视太平洋的宽阔呀!从今后,决愿你明白夜和日,明白生存和死亡,生存和死亡所拴系的切要意味!

六月十五日

　　我不愿有白天,我单愿有有明月的凉夜。在白天,我只觉是一团的紊乱所吹发的烦恼郁闷之热气,使头昏,使心乱;使我唯一要怔忡而返后。在夜哟!如今夜般明月的光辉清澈万表,绿荫树下红花畔,情意阑珊地眠着,忘记了过去,想不到将来,只简简单单的咀嚼着舒适清凉之眼前花月之美味,纯纯粹粹的一个"我",何等痛快哟!我不愿有白天,我单愿这样的夜继续进行,命我忘怀了一切和睡眠,清清确确的过如是的永久!

六月二十二日

　　心昏矣!体惫矣,眼前的世界将由立体而平面矣!将由活动而静止矣!小孩活活泼泼地在草场上跳,不过似一只白兔之在青翠的画中。什么是他们所含有的重大意义,什么是他们未来之真与美?想我定是未入人间之门的门外汉!啊!因为什么都猜不出来!

六月二十九日

　　假如我的心是一块冰,那冰也有消溶的日子;假如我的心是一块铁,那铁也有锻炼成钢的可能;假如我的心是一块石,那石也有雕琢的祈望。纭纭扰扰的东西,只要有了一个"他"的存在,莫不有"他"的主要并附属的内含或外延的一切性质、变化等等。独有我的心哟!是和死一样腐败了!真真我的"心"是没有这一样东西,那我也百二十分的感谢上帝育化万类,于我特厚,但凭个别的智慧的人类祖先又似遗传我有这一样黄连的心,我只自哭罢了!

七月三日

乐极了!晚餐后,牵牛棚下,十位同事聚坐着,自由的谈,任情的唱,互相了解的说些个人经历的不平,真是小学教师最高的清福。大大小小的星辰,从隐隐里的天空,一颗一颗的明现出来。我们所坐之四周的房里,点起荧荧的膏火,光从窗中出来,穿过牵牛绿叶,影映缤纷的在我们身上跳舞,微风动荡着白衣,演现出我们如绰约的仙子。神不自主的嚼着杨梅,喝着白酒——杂陈在狭长案子〔的〕白布上。杨梅呈珍珠的色光,白酒翻琼浆的馥郁,身正悠悠然羽化,在翱翔缥缈乎八荒之外,流览四极之所穷。舒哉!畅哉!不知前乎此而为者为何事,后乎此而来者为何物?清清净净浩浩茫茫,真美乐哉!忽闻寺里钟声起,不知黄昏之二更。

七月六日

太阳距正中还差四十度的时候,五个同事——连我自己——和一小学生,决定过西辕岭去采摘杨梅。日光虽如烈火之烧来,但清风从左边为我们吹去,我们虽汗流满背,但仍然觉到身体是飘飘然畅快。而且低目屋舍,更似我们驾天风而长啸然。过□□下岭依路进行,路一边傍竹树,一边稻苗青青,幽凉没暑期气象。至一村,再上岭,时将十一点矣!于是就坐在一山坳之回环处,两旁的古树,荫遮了我们透不进一线阳光。岭道青天如天梯然,人从岭巅踏过,恰似天上下来;人从岭脚上去,恰似回归天宫。来者多负荷杨梅,去者多担载货物,除我们,没一个空手闲游的人。个个人都有一副可爱的面庞,老者则慈祥可亲,壮者则勇毅可敬,少者则清和可爱。我们购得三十四个铜子的杨梅,放在路穿流水的遗道上,大嚼起来了。天气荡吾心魂,一丝尘俗不染,个个都手舞足蹈了。

日过中,我们临起身的时候,有一丐妇,怀抱着小孩向我们求乞。我说:"给你些杨梅。"她说:"杨梅不能饱肚,一个铜子。"我就问:"一个铜子够了么?""够了,随你老板。"我以为她能碰到我们,也是她的巧因缘,不可使她绝望,于是给她一个铜子。她就和蔼的说:"谢谢老板。"我说:"我们不是老板,叫老板,就要讨还铜子了。"她也就笑了起来。随口我笑说:"这位毛先生到现在还没有儿子,我想你养着也太苦,能卖给他么?""没有这样八字。""你能否卖呢?"她即吞吐地笑了。毛先生就向我追。我就说:"人是爱其亲生子的!"原路回校,午烟已息。

七月九日

我们之心情于我们之事业,其相差的程度,适等日间烦恼和夜间清乐的悬隔。我们可分一天作三份,我们人生就依这三份的反应而表现。这三份是以三餐为界线:早餐后,心头就发闷了,就厌烦了,朝会的叫子,吁,吁,吁,一声声叫来,竟似粗大的索子,来捆绑我的灵魂一样;上课钟一打,意念就完全灰了,无谓的纠缠,不美化的孩子们的胡闹,不自然的功课,简直这半天似监狱里被鞭挞一样。中餐是希望。过了中餐,以功课之轻浅,稍觉自己的负担爽快些,在这时看些报章、杂志等,虽或一霎时孩子哭着来了,说某童打他;一霎时喊着来了,说某童打碎了玻璃,或者一个不留神,头颠出血,但总还可以。幸的五时到了,小孩子全数回去了,这时剩我们不能回去的几个同事,也觉清确,随便谈些报上的新闻,发挥些时事上的议论或辩论些思想上的是非,于是晚餐钟也就打起了。晚餐后,腹也饱了,头也清楚了,好似脱了枷铐的囚犯,身体可以有些自由的幸福,到校外盘桓,或操场、花园聚坐着,舒展我的意思,清清闲闲的和新鲜空气相抱吻。以后,倦则睡;否则,写写信,记记日记,读读他种书籍或小说,总是一无罣碍的过去,这就是小学教师最高的清福。

七月十日

夜间七人去游慈湖,——我因为半载不知水月之味,所以虽半圆明月,也愿去享受一点。带去的有白酒和茴香豆。出小北门绕转小路,见萤光点点,深草丛丛。至师古亭边的桥上,清风从东边吹来,白云飞向西边去。涸杂的顾念,也飘流殆尽。我默默地仰看半月,隐隐里好似嫦娥姐姐招呼我。我想飞,但没插着翅。呀!嫦娥姐姐呀!我愿赴水底而抱吻你。九时,向大北门返校。

此后决愿破功夫,夜夜早些来。

七月十一日

天呀!我的事情,竟会件件做错了么?我的思想,竟会如乌鸦之高叫,预报人以恶祸之来临的么?我的目光确不是鹰狼,我前行之路,竟会使人疑为蚕丛么?天呀!假如我食之不化,请你塞住我的喉咙罢!否则,你必须保佑我,——使我轻轻快快地前行,人们在我的两旁鼓掌!

北京时期

一九二五年九月九日

你必须要记着你的年龄,更须记着你的双亲的话,——当以他们而珍重。钱寄来给你,努力!努力!

九月十日

我现在究竟算个"什么人"呢?应该想想,应该想想!但实在呀,无论怎样也想不出来!——不是学生,实在算不得学生!或者依吴稚晖先生说是"野鸡学生",还不!因为我现在一些没有学生的滋味和意义(更说不到有学生的责任)。学生,是应该读书的,一面也有人供给你读书的用费,我现在完全说不到这两种!而且自己也不以学生——求学的自待!小学教师?那早已资格取消了!虽则去年前年的老幌子,或者还可以到小孩子的面前骗一骗,但终久不成了!记得一月以前,一人在中央公园的桃树边长椅上坐着,有二个十四五岁的女孩子,——不,小姑娘来摘桃,因为她们要玩耍它的核。她们用手帕、扇子、香蕉糖、落花生放在我坐的长椅上,托我代她负保管的责任。于是就和她们认识了。她们以后问我:"在哪里念书?"我答:"不念!"她们中一个说:"毕业了?"我随口答:"是的。"但我心里很奇怪,她们为什么不当我是教师呢?"在哪校教书?"这句平凡的话,我早就没资格了!我恍然悟着。那么我到底是一个什么人呢?职员不是职员,工人不是工人。流氓呢?亦不相似(虽则也有几分像,因为飘荡,在街头瞎走,坐着白吃饭)。都不能相似!哗!国民,中国的国民!也不是,也不是。我全没有一分国家的观念,更没有一分国民的责任。五卅!五卅!别人的血是何等沸!而我却没有帮她出过一颗汗过!什么爱国团,示威运动,国民大会,……和我全是风马牛不相及!他们结队呼喊着走,而我却独自冷冷静静地去徘徊,好似亡了国,都不相干似的,我好算国民么?惭愧,惭愧!我确是自认不是国民!好,你一切资格——国民士农工商学生都没有,都不是,你简简单单地算个人罢!——人类中的一个人罢!也只有如此了!只用两脚走路,口子会讲一二句话,手会握笔,脑子会空想。除出这个简单的"人"的观念以外,我实在没有"什么"了!除出实行这个简单的"人"的行为以外,我更没有"什么"可努力了!你真可怜!可怜!

九月十五日夜

我怎的会如此脆弱、寒心、胆怯,不如一个婴儿!这样的秋夜,静寂、冷清、凄凉,我简直不能忍耐,我简直要流出泪来了!母亲呀!你离我太远。否,我离你太远了!我真想钻进你的怀里而抱一息,使我温暖一下,恢复我的惧怕的心。这样寂寞凄凉的秋夜呀,真不知如何度!

上海时期

一九二八年十二月二十三日

今天吃了中饭,到卢家湾法总捕房看林泽荣兄。法界电车公共汽车都罢工,我是走了五里路,再坐一程黄包车。到了捕房,我一直向内冲,一群巡捕(约七八个)就来围着我问什么事,我告诉他们说要找上海艺术大学被捕学生某君,他们说已经出去了。一个就问我是那里来的,我很奇怪,几乎一时答不出。以后详细地告诉他们,——我住在北四川路横浜路景云里。并问我做什么事,我拿片子给他,我回出来。捕房为什么这样严呢?听说法界电车罢工是青年在内煽动的。我是青年,他大概就疑我。唉!青年也难做了!

——是青年都有罪,在目下的中国!——

以后又坐了车子,到他们学校,林君正在呕吐。他自己说,"坐了两星期的牢监,打也打死了,饿也饿死了,每天只有两团黄米饭,盐也没有,连自来水也没有,所以今天出来,见到什么就吃下去。此刻却吐。"他吐完,就告诉我牢监内的苦况,并受刑的厉害。他被铁条打过两次,打得当时不会走路,屈着脚走。有一位竟连耳也被打聋了,手也被打断了。他并告诉我这次被捕的经过,简略的告诉我。以后他说:"明天上午十时判决,我的有罪无罪,还得再说。不过律师对我说,我大概可以释放。我们四十六人,用一千四百元钱请他辩护的,我们今天能得一天的自由,亦全赖他。"

我约坐一时半,以后问他有钱否?我就交给他预备去买 Modern Short Stories 的五元钱。走出学校。他和我相约,假如明天下午不到我这里来,就证明他再入牢监,有罪。否则他会来的。

吃晚饭,我和鲁迅先生谈起,他说:"最好将这种黑暗写成一部书。譬如他们办学的人,现在如此卖学生,再过几年,他又去办学,又会有一批学生去的,哪个再记得他!"我闻之,泪几下。以后又谈起中国人素来没有信仰的,从来没有宗教的战争,道士和和尚,会说三教同源,哪里有什么信仰。都是个人主义,要个人能活下去就是。中国革命之失败,就在这一点。

八时半,姚君到我这里来。我请他读我的《夜半孤零的心》的诗,他一下读完,说"手段太浪费"。我听了很不以为然,与他辩了几句,他又说好,大概是勉强说的,我虽则也不听他。我的作品,几个素知的朋友,没有一个说我好的,"缺少现代味","淡薄一些"……天呀!我也会有好的作品么?

我观察我们朋友,我得到教训了。他们知道新时代要来,所以拼命去迎新时代。他们也并不怎样深信新时代,不过因新时代终究要到的,我们去罢;似说革命一定胜利的,我们革命去罢一样!于文学,只说卖钱。一边他们信他们自己是天才,一边又不肯去坚毅地做,只说,将来是没有人读长篇小说与长篇诗的,我们不必再做;谁做,谁是呆子!可诅咒的青年现象!亡国的现象!饭是要吃的,人不能饿死,我知道;但他们却说"有跳舞热","打小麻将",听来真不舒服!唉,为什么会到如此地步!

1928.12.23 夜

十二月二十四日

早晨起来,就得到久未通信的震东的信,虽则三页信纸,而我不能不说这是 Christmas 给我的好现象。我很快乐,此刻已写好回信,第一句话是——Christmas 的 Eve,祝她身体康健。

下午林君来,云尚未判决,大概总可希望无罪释放。明日搬至这里暂住。

想做《失去翅膀的天使》长诗一首。叙事的,象征的悲悼青年一下。

12.24

十二月二十五日

今天阿哥来沪,他从没有出门过,所以他说,首先看到电灯,就心里很快乐。母亲不大愿意他出来,后来因为要看看我,母亲也就满心喜欢了,说"去望望福也好,去望望福也好"。阿哥报告给我听家里的情形,说妻又产了一个子,七天了,身体也好,帝江很顽皮,小薇每餐能吃两碗饭,连一只猪死了也说出来,我听得几乎流出泪来,不知怎样,我似乎不愿听,心里忍不住的难受!我的生命似乎从这些判定我受了死刑;而妻子孩子们,又可怜了你们了!

X'mas

十二月二十七日

今天陪哥哥玩了一天。哥哥看见各处都奇异。他高声自己说:"我是乡下人到城里来。"趁电车要头晕。教育是要紧的。

12.27

《朝花周刊》第四期印好。

十二月二十八日

昨夜却做了一个甜蜜的微笑的梦。

东弟好像坐着写字,我从背后去向她颈上吻了一吻。她惊吓的转过脸稍怒的向我说:

"平复!你有瘾了吗?"

这句话真是甜蜜,一个微笑的梦。

12.28 午

一九二九年一月一日

今天是阳历元旦,"公历 1929 年 1 月 1 日",一个可庆贺的祝颂的日期。孩子们放着小纸炮,他们在路边非常舒适的游戏,好像此后的人类,大家都有幸福了。可是我觉不到什么。只有一点隐隐的痛在心头,因为年复一年的过去,自己是没有进步,——而幸福的愿望更一层层在身边消淡去了!

孩提的快乐,只有追想,将永不再见!

看看孩提们的举动,追想想自己的,就是了。

1929.1.元旦

一月二日

读读古诗,想到诗学的奇妙上去。诗好似没有进化的,《诗经》,《离骚》,十九首,以及外国的 *Iliad* 等,何等伟大,何等纯洁,以后的诗人,似没有一首比得上这个的。奇怪。

一月二日

诗是没有进化性的。除非诗要灭亡。

今天送哥哥回家,上了甬兴轮船以后,不知怎样,身体的疲乏,疲乏的要碎裂一样。

晚间睡得很早。

一月二日

送父母葡萄酒二瓶,苹果两磅,送妻法兰绒一丈四尺,花帕三方,给少微牛乳粉一磅半,给帝江皮书包一只。哥哥带去。

一月十一日

晚上鲁迅先生问我,明年的(指旧历)《语丝》,要我看看来稿并校对,可不可以。我答应了。同时我的生活便安定了,因为北新书局每月给我四十元钱。此后可以安心做点文学上的工作。

一月十一日

一月十二日

"跳得高要跌得重的。"

一月十二日

"想一想!决定!做去!"

① ② ③

一月十七日

人是由"机会"去造成的。我很这样想,当此刻读完各处来《语丝》投稿的 21 封信以后。四个月以前,我还不敢做将我的短篇小说寄到《语丝》里来发表的尝试,我唯恐失败了。虽则我那时很想卖一篇文来过活。现在却由我的手来选择里面的揭登作品；这不是机会给我的么？我决意将一班来稿，仔细地读过，凡是可以登出的，我都愿给他们投稿者一个满足的希望。尤其是诗与小说。纸和印刷费是北新老板出的。多几张篇幅，读者也总不会说"太厚了一点的样子呢"的么？

一月十七日

一月十八日

今天上午只读了一首 Herman Bang 的 *In Rosenborg Park*，便叫吃中饭了。

下午同方仁到 Isis 影戏院看《血溅鸳鸯》(Drum of Love) 是摹写 Dante 的《神曲》里 "Francesca da Rimini" 一事的。Mary Philibin 做 Emanuelle, Lionel Barry More 做 Duke Cathos, AJvarado 做他的弟 Leonardo，三人表情都极好。结果 Eman. 同 Leo. 都被 Cathos 刺死了，看去太残忍。当他们两人半夜聚会，而 Cathos 私自回来的时候，几使我看不下去了。不过以我的意思，Cathos 不应在窗外偷窥，——因他是磊落的。且依我真理主义的意见，应写 Cathos 自杀，因他是爱公主及他弟弟的。于是公主进了修道院，Leonardo 忏悔，大家都见了上帝，托尔斯泰的理想，也是如此的罢？Dante 是南方人，残酷的。

晚间，鲁迅先生送陈学昭女士的行，她要到巴黎去。邀我们同道吃晚饭。周建人先生一家也在内。我只觉好像一家兄弟姊妹小妹妹们团聚的样子，一些没有什么别离的话。这倒很好的，别离不值得悲伤。有一忽，自己想起自己底凄凉，和自己的无力，说了两年的"到法国去"，终于到现在还独自在上海谋不到衣食，天天想债项，也有八个月没有见父母妻子了。不过转眼我就向"阿玉"玩起来,拿一个桔子给她,小女孩的天真和快乐就将我底烦闷赶走了。我和学昭女士也没有说一句话。说过什么呢? 好似也夹在大家的声音中说过,但忘记了是什么话。不关紧要的,等于没有说一句话。

吃完菜,已九时一刻。天下雪了,很冷。

一月十八日

一月十九日

今天天气又晴,太阳有时出来,有时没去〔出〕。

近来常不知不觉地想起自己的运命。竟不知为什么,总想到凄凉的国土里去。想想妻的不会说话,常是一副板滞的脸孔,有时还带点凶相,竟使我想得流出泪来!天呀,妻子是你给我安排定的么?

想写封信给哥哥,没有写。不知为什么,自己总忧闷似的。我不该再有这样态度了!冷静一些,旷达一些。朋友已说我现在能这样恬淡静默做人,和以前的多感、烦恼,处处发现情愫的冲动,已相差很远了。但我的心,火焚的内心,谁知道!

一月十九日

一月二十二日

这几天翻译了三篇"南斯拉夫"的小说,共有一万六七千字的样子。到今天写完了,简直透了一口气。人不知为了什么而作工,吃了苦也还是自己承愿的。为了自己的名在社会里传布广起来,为了自己的生活要得到充裕,为了爱人,竟为了这些么? 不大相信! 为了救人,为了社会的光明,为了大多数的幸福,应当,应当,我应当这样做!

吃苦!

一月二十二日

一月二十七日

处处觉得自苦,天呀,人究竟是怎样一回事?友谊,友谊,这是什么话呢?这是怎样讲法的呢?我对于他们的态度,举动,总以为不对。怕我是贼么?为什么出去要锁了门?还有一个,是不是我听错,全用讥笑的不诚实的对我讲话!……好,宽恕他们罢,用我至大的精神!

一月二十七日

一月三十一日

自己做的文章,过了一两个月,自己读起来,觉得莫明其妙,仿佛自己并没有做过这篇小说,我是在读着别人的。

一月三十一日

二月九日

坐到半夜一两点钟,常常会自己想起来,——停了笔,一动不动,凝思起来——我这样在做什么呢?青春要过去了,在艰难的生活里,作工,作工,尽青春里所应有的快乐,——爱情,跳舞,我是一样也没有缘去结合。于是我便过去了!生命,人生,生活,不可思议的名词与过程呀!可怜的,我又为什么要这样?写,写到半夜呢?全幢屋子是我独自,朋友到他妻子、母亲那里去了。窗外死静的,静的如一块铁。唉!孤独的人!

今天是旧历十二月三十日。

此刻是夜半后二时。从吃夜饭起,一直就坐在周先生那里。

夜饭的菜是好的,鸡、肉都有,并叫我喝了两杯外国酒。饭后的谈天,我们四人(还有建人先生同许先生),几乎从五千年前谈到五千年后,地球转了一周。什么都谈,文学,哲学,风俗,习惯,同回想、希望,精神是愉悦的,我虽偶而想起自己离开父母妻子,独身在上海,好似寄食一般在人家家里过年,但精神是愉悦的。去年,因为妻要我送灶司,不是和我口角么?在三十日夜流泪,叹息自己的运命,是不会忘记的。今夜呢,虽则孤零,倒是觉得人间清凉,尘世与我无碍。

此刻是天气萧瑟,疏星点点。耳边有爆竹声,远处还有锣鼓声。我毫没有睡意,因写诗一首。

扰攘总算完了,颠簸总算平了,对于我,对于我,旧年已如脚下流过的污水了。

这告终的一刻,置我身于群山之上,尘圜之外的星光边,我似冷眼看着人间了。

用如何来计数我,用如何来标志我;也用如何来悲悼我,我是完全一个无过去的人了。

去来不知是何种颜色,显示于我眼前的,但不久将到了;将努力捉住那阳光的白点,开始有新的光阴了。

二月九日

九月十三日

一九二九年九月起,时在上海闸北。

有许多事是令人愈想愈忿,有许多事是令人愈想愈觉伤心,今天我却夹着这两件事,所以一天的生活竟化在一息气忿,一息悲伤的这种情绪底急流里过去了。

上午,一位同乡来,农民,他以朋友案无辜牵及,逃沪。他述家乡事,哽咽着说不出声,眼中含着泪珠。他初次来沪,住在极疏远的一位兄弟那里。他说家里留有三个孩子,妻和母亲,不知如何生活法。我一时听得呆了,简直没有一句安慰他的话。

下午四时,雪峰急忙地在他自己底晒台上叫我,他说,华文印刷公司火烧了,我底排好已二十天,因纸没有送去的《二月》的纸板,恐怕也烧掉了。我一时听得也呆去。他当时叫我到印刷公司去问,我想,别人火灾,为了自己底小小一部文稿立刻就去纠缠,不好,没有去。幸我原稿虽已撕破投入纸篓里,而初校稿样尚在,随他再迟延二月好了。不过心里总是非常气愤。

十三晚一时五十分

九月十四日

昨夜整夜睡不着,远处鸡叫了。

人,自私的异想的动物,灵魂是不可捉摸的,而肉体底脊梁上刺着"罪"字的囚犯。——他们何日会自己〈会〉觉悟到?

以后,我自己总还该勇敢些。

十四晚,二,三十

九月十八日

开封泮君电来,叫我到洛阳高中教书去(或雪峰去)。我们闻前方蒋冯军队在冲突,恐怕又要打仗了,已电复,不去。

我总想以后执着这七个字:想一想,决定,做去!

我颇想离开上海,我恋着什么?事业么?爱情么?但我不敢到火线下去走一遭,我真自己太柔弱了!运命判定我一生,莫非禁锢我在"多顾虑的","易感动的"的牢狱中终世么?不,我想挣扎,错误也可以,失败也可以,甚至行为对自己底良心叛乱也可以。

十八晚十二时

九月二十六日

以为有翼或翅就会飞的朋友很不少,以为有翼或翅就可到处飞,飞得很高,这种人也更多。但他们不自觉,又不肯受忠告,——一位同乡朋友拿了许多他自己底图画给我看,我因它(虽则我是不懂艺术的,我什么也不懂!)调子不好,既不是学比亚兹莱,又不是学未来派,说了几句话,他不高兴起来了。要这样,我以为这个朋友是没有希望的。

廿六日

九月二十九日

今天是阴历八月廿七日,是我满廿七岁的生日。也毫无感想,坐在案头过去。

西风从西窗中吹来,天有几分寒意了,心,也有几分寒意了。

廿九日

九月三十日

一到傍晚,有卖炒白果者的声音。它真夹在落日底凄凉的调子里送到我底心深。

> 呵,炒白果!
> 白果好像鸡蛋大,(读陀)
> 香又香啦糯又糯,
> 一个铜板卖三颗,
> 两个铜板卖七颗,
> 呵,炒——白——果!

三十日

十月一日

从今天起,译戈理基底《亚尔泰莫诺夫事件》。想以三个月完成。

十月一日

十月二日

我常常在无意中得罪了人,这于我的做人结冤处很多。在过去,教训也可说有了,但不知从何处改起。虽则自己想想这种得罪人之处是关系不到什么的,而对方视得大,乃就糟了。以前,岂不是有一位王君,因为叫我一声我没有答,就在校务会议上反对校长的聘请我么?实在,我简直不知从何处结来这冤。以后,自己不愿去指摘的地方,不必讲话,——有意攻击他要好一点。还有,待人还该圆活些,静默些好点。不过率性而行,有许多地方是顾不得一般的。

二日

十月十日

今天是双十节。

十月十四日

鲁迅先生说,人应该学一只象。第一,皮要厚,流点血,刺激一下了,也不要紧。第二,我们强韧地慢慢地走去。我很感谢他底话,因为我底神经末梢是太灵动的像一条金鱼了。

十月十四日

过敏的神经有如细菌一样,无法御防的,一感天气即繁殖,一失天气即灭亡,而且到明年还生存着,又不知道它生存在什么地方,呵,集于一身之我,感到有些窘迫与苦恼的。死亡罢,我诅咒。

十四夜深补记

十月二十三日

庸君说,现在还是看见黑烟的时代。我却以为火焰可以在烟囱口沿上望着了。人们不留心就是呵。

廿三日

十月二十四日

觉得自己有些冷,
我需要一种热呀!

廿四日

十一月二十二日

《二月》,今天出版。

十一月廿二日

十一月二十六日

昨天接到父亲底信,云:帝江弟妹均小病,景况萧瑟,药石为难;且年成荒歉,告贷不易。素瑛一心要出外,意不愿任我一人在外,逍遥自在。于是母亲叮嘱我年内归家一次,以安家人之心。我读了信,心灰意冷!问自己不知如何解脱。

今天向友人林君借洋五十元寄家,想可稍慰彼等一二。

廿六日午夜

十一月二十九日

心甚窒闷,三天来未写只字。

廿九日

十一月三十日

在这个社会内,毒汁是流着在人们底手与心间。我以前呢,是想自己去喝一口,使得社会少了一分毒汁,虽则我因此是死了,但我是人类社会中渺小的一个,又何惜。现在,我不想这样做了,决不想这样做了;我要做自己也是毒,在我底手中要有比人更毒的毒物在;以作人家要我喝时我也可给人家喝的抵制。在《旧时代之死》的上卷末段,朱君叫阿珠做的话,重新想,无论如何是对的。

三十日夜后

几天来,自己想多做点事,所以努力着译《亚尔泰莫诺夫家事件》,可是觉到疲乏了,非常疲乏了。计算自己一年来所做的文笔的工作,实在太少:译了半本丹麦短篇小说,半卷 Decadence,零星的五六篇,此外做的很少(不到十篇),算编了 26 期不成样子的《语丝》,几期《朝花》,一年又将过去了,因此,想在这要完的一月内,补做一些事,很想一天写出一万字来,到今年末日,可不致自己十分惋惜自己这最近的 364 日的光阴。可是,我的筋肉为什么不是铁,我的骨骼为什么不是钢,我为什么不是一辆可加马力的机械?即如这三天,我虽然似时时在手里提着笔,可是遇到一句难句,或一个生字,懒洋洋地翻了一下字典,仍不得其解,于是默然了,眼睛不知看在哪里,墙壁,窗外,还是书上。我底心却会莫明所以地跑开了,远远跑开了,跑到十年前的过去,百里外的家乡,想到双亲,想到孩子,呀,更会想到自己底前途,前途的荆棘与灰暗,等到墙外忽然什么一声,——变把戏的锣的一声——我才恍悟了,恍悟到自己在做梦,在做提着笔的梦,毫无意义的空想的梦,于是,我耸耸自己底肩,抖起精神来,用放在桌边的冷手巾擦一擦眼,重新去找寻原本书上的生字或难句,努着力,译下去。在这样的情形中,我最近的光阴过去了。

可是报酬给我的是疲劳,与疲劳同来的是一些烦恼,放下笔,这两样就猛力地攻击我了。

十二月二十二日

好几次,我感觉到自己底心是有些异常的不舒服,也不知为什么。可是,在周先生家里吃了饭,就平静的多了。三先生的一种科学家的态度和头脑,很可以使我底神经质的无名的忧怨感到惭愧,他底坚毅的精神,清晰的思想,博学的知识,有理智的讲话,都使我感到惭愧。而鲁迅先生底慈仁的感情,滑稽的对社会的笑骂,深刻的批评,更使我快乐而增长智识。今天中饭后,他讲给我们一个故事,有趣的故事,写妇人底心理的:

——妇人底心理是如此的,他说,要笑不笑的样子。她告诉别人说:"现在我底儿子是真不孝,不及他父亲远甚了。他将他赚来的钱,统交给我媳妇,不肯交给我;以前,我底男人是将钱赚来都交给我的。"妇人底心理是如此。

十二月廿二日

书 信

致 父 母

父母亲：

　　儿于昨日接读阿哥信后,知双亲福体安好,甚慰儿念。儿自得双亲前函后,无日不念家中情况,恨不能插翅飞来,一见双亲以为乐。儿亦转念,儿若能平安在校,于身体则晨昏谨慎,饮食适宜;于功课则克勤自进,努力前行;修养品性,完美人格,双亲亦乐而不念矣。故儿现今居校,靡不战战兢兢,如临深渊,如履薄冰也。近日天气日冷,……(下缺)

(约一九一七年)

致 赵 平 西

　　(前缺)……专求一己之肥,毫不顾及下民之困苦饥馑,其更残暴者,则逞一己之私意,斗干戈,动炮火,此种声息,日有所闻。故感情激烈者,非多有薙发入山,或抱石沉河之举。意志决烈者,则提倡无政府主义或社会主义、共产主义是也。此种主义运动,现今全世界遍有极高之声浪,而俄国已实行社会主义之一国也,其目的皆在打破政府之万恶,以谋世界之大同,改革平民之经济,以求人道之实现,欲人人安乐,国国太平。然今日之中国,教育如是幼稚,民智如是闭塞,民国成立已十年,而有许多人民,自己为共和国民尚不知,犹欲求一真命天子,岂不痛哉! 故国家事,皆为一般恶吏奸绅所包办,以致国愈弱而民愈穷,岂不大可长叹也! 故现今中国之富强,人民之幸福,非高呼人人读书不可。教育能普及,则无论何事,皆不难迎刃而解矣。弟在校甚好,望兄勿念,惟望兄嫂安好,恩谅必亦健康活泼。望双亲康泰为幸。敬请西兄手足鉴

弟平复上　十一月二十日

致赵平西

光煜已进清室善后委员会办事

西哥:

晚饭刚半,跪诵父亲手札,信读完,饭亦不能下咽矣! 复一切话亦不愿说,恐伤双亲之怀。唯父亲命考北大师范,复岂不愿读书,实以家中之故,六年长期,断难遂愿而毕! 复刻坚决决定,下半年仍旁听北大哲学、英文二科,明年再行处置。横直做人总有最后方法! 复近来精神不好,秋后当能宁心,万请双亲勿念! 前所云正式读书,亦不去兼事做,而专门求学之意,非有长久之心存乎其间。复始终主意,仍然一辙。下半年用费望西哥从速寄来,感谢无量! 复亦无别言可述,唯望双亲福体康宁为幸!

弱弟平复上七月半
〔一九二五年九月三日〕

致赵平西

西哥：

　　读了九月十三日的信，实在不知道如何答复才好！总之，哥有些误会了，我无论如何，还是快乐的，身体还是强壮的！而且有朋友，虽则没有早餐的钱，也不过一二天。我正可在这种时候，多读几句书，仍旧是快乐的！西哥为何悲伤？实在说一句，做人是应该尝些苦的，才可算真真的人。读书人更应该从苦中磨难出来，才可算懂得书中的深一层的理！古人有许多是如此的，所以复也实在自己情愿！况且复运气还不好？（实在是好的！）父母哥等厚爱，像昌标、光煜一样，真可佩服！他们更有千倍的精神，来抵抗这苦楚的运命！万望西哥禀劝双亲，毫无一些什么，否则，复罪深不可测矣！

　　复到京来的计划，本想以那部书卖完，一边再自己做文章卖的。我想，如能在京再读二三年书，则自己学业根基较好，将来地位总可比做小学教师好些。哪知到京以后，一边各处小说卖不了钱，一边做不起文章，且不敢做文章，因此就没有法子了！而且买书的欲望很烈，有钱，不是付饭费，就买书了，因此经费更形窘迫！

　　这些都是浮文，不必说了！明年呢？再也不读书了，总当谋一所做事吃饭的地方！冬间或早些返家，一以安慰双亲半年来之牵挂，二以享家庭之乐。皮袍决定不做，西哥要，请写信来。同学说二十四五元一件，已很好了！床上皮毯，当为双亲买一个带来。别的话也没有了。父母康泰，子侄活泼，复也就快乐了。

弟平复敬上八月初一日

〔一九二五年九月十八日〕

致 父 母

父亲母亲：

　　初六日手谕敬悉。前者本欲与苍山兄一同返里，后思优游乡里，终不成事。虽时仅三月，而儿在外与不在外，关系下半年实非浅鲜。以此儿之回家，竟不果行。近者儿与二三友人商起，想儿辈自己到杭州去创办一私立中学，地址已着。拟开办费一千元，百元一人。儿共友人已成七人，一边函请三位先生同队，如三先生不却，则十人之数已满，想三先生也必乐从。一边又函请儿辈许多相熟之中国名人，认为该中学董事，于招收学生上，很有多多帮助。如此举成，则儿偕二三友人将至杭州筹备，是则下半年即可招收学生矣。儿之友人中，半多做过中学教师，努力办一初中，当不无相当成绩，此可断言也。如此初中能办成而完善，则儿辈此后之生活，高枕无忧矣。儿辈有较好之事可做，即向外做事，如在外无事可做，即至该校教书，且从此儿辈更可发展前途，决不如今日之散漫而悒郁也。夫学校之最重原质为学生，近来读书之人，日多一日，各地皆有学生无校可入之感，以此，儿辈之必创是校，无庸异疑也。儿下半年之小学位置，已有人嘱我，儿尚未决定，最末，则小学之位置总不致双亲忧也。儿近来身体颇好，一边读书，一边作文，颇自得有趣，万望双亲勿念。如该校不成，儿当早些返家，北京之箱被，光熤兄已云即速从转运公司寄来，一星期内当亦可寄到。余后再禀。

　　敬请
尊安

儿平复上三月初十日
〔一九二六年四月二十一日〕

致赵平西

寄宁波转宁海市门头赵源泉号主人收,杭赵。

西哥:

我已抵杭,约住四五日即回沪。前在沪寄上一函,未知收到否?款望寄来,最好于汇款时,嘱邮局写明"寄到上海八仙桥邮局"等字样,以领款较便也。匆匆不尽!

帝江与小薇的小病已好否?

弟平复初二日(四月)
〔一九二八年五月二十日〕

致赵平西

宁波转宁海市门头赵源泉号平西先生,上海四明医院赵初九日

西哥:

信及汇票均于早晨收到。下午当趁邮局领来,勿念!复于三日后,当即返里,以此间同学,嘱复在外谋事,当与彼等商妥。公事已毕,唯情形不佳,家乡之事,实在难做。复身体颇好,还请双亲勿念。

敬请

大安

弟复上
〔一九二八年五月二十七日〕

致 父 母

儿盘费亦足,夏衣亦带出,沪上朋友颇多,双亲勿念。
父亲母亲:

儿离家已六日,时记念家中,想家人安好,双亲康健耶?前儿赴东乡时,本欲约沛婴兄同至大湖说校舍修成事,奈沛婴坚拒,不愿再见懿卿先生,盖彼料懿卿先生必不肯上此当耶!儿在沛婴兄家居住两夜,即转雇船赴茶盘俞岳兄家,然又住了三夜,仍商量不出方法来。校舍捐款,无人肯再负责,即下半年之中学,儿辈亦无一人愿再干矣!佥云,吃自己的饭,磕老爷的头,结果,人嫌人怨,何苦如此!儿自思,儿去年返里服务者,一为中学根基未稳,欲筹足基本金,立了案耶;二为宁海教育幼稚,欲稍事发展,以开展宁地之文化。奈在宁一年,教育局住了四个月,结果一桩事做不了,朋友个个四散,个个灰心。儿试问,儿虽无志,岂肯白吃宁海之饭耶?因此儿决志不返城内,且无颜见时逢兄与泥水木匠等几位;遂与二三朋友,趁船来此,拟转赴沪谋生矣。双亲爱儿,当不以儿此行为迂阔,儿此后也当格外用功,以慰双亲之望。时势如此,儿仔细小心,双亲勿念可也。抵沪后一切再禀,敬请金安。

儿福上四月廿日

〔一九二八年六月七日〕

致赵平西

西哥：

　　父亲久无字来，未知家中如何？想一切平安耶！福羁身沪读，缠绵两月，虽此两月中，福夙兴夜寐，努力读书作文，目下已将二十万字一书著好。然在此社会内，文人生活为难，不能写一字，卖一文，故福之生活，亦甘苦自守，未尝浪费一钱也！沪外友人，虽时有信来邀弟，而弟性愿在沪谋生，并望一有机会，即赴海外读书，故不愿离此。近日此间亦有一中学聘弟，（此中学系福建人办）如月薪有八十元，福即允诺，若太少福决不就，仍自求读书作文，为前途计也！此信一到，望西哥为福设法洋五十元寄下，如能位置落定，不久当可偿还。否则亦可从家中设法。人生际遇如此，非易可强求也！前问中华书局书单寄到否？秋衣并被等亦望托友带来为盼。洋可从邮汇来，仍寄四明医院严苍山兄收转，福身体颇好，望勿念。敬请胞安

弟福上六月廿六日

〔一九二八年八月十一日〕

致赵平西

西哥：

　　父字与兄字均跪收勿念，王朝瑾兄五十元洋还他亦好，无凭票。复于人情亦知一些冷暖，世故也明白一些了。处世接物，此后自当仔细留心，望哥等勿念。中学位子，靠不住了！复实非为钱多少，即以他种缘故，于心不愿。一星期后再将确切情形及是否去教

书告知。别的地方虽有，奈总以受人牵掣，费去自己之光阴，做自己不愿之事，青春能有几时，故复始终抱求人不如求己之志，愿自己吃苦，自己努力，开辟自己之路！复精神安静，身体颇好，希勿念！敬请
胞安

弟复上〔七月〕初十日
〔一九二八年八月二十四日〕

另纸交素瑛收

致赵平西

西哥：

久不得父亲字下，心颇思念，未知家中如何？望哥得此信后，即惠福一纸，以慰远怀！福已将小说三册，交与鲁迅先生批阅，鲁迅先生乃当今有名之文人，如能称誉，代为序刊印行，则福前途之运命，不愁蹇促矣！内二册共有字二十万，名《旧时代之死》，分上下两卷，福于暑间费两月之心力，改修并抄成之，底稿则为两年前在杭构成之。此事请西哥勿为外人道，以福不愿被人说"未赖痫，先呼狗"也！福近数月来之生活，每月得香港大同报之补助，月给廿元，嘱福按月作文一二篇。唯福尚需负债十元，以廿元只够房租与饭食费，零用与购书费，还一文无着也！前福辞某中学教员之位子，实以一做教员，便不能作文读书，非弟不欲赚钱也！下半年一时恐尚不能得卖书费，因此不能不请西哥为我设法五十元，使半年生活，可以安定。福不久又想著一部世界文学史略，惟参考书多在家中，奈何？天气日寒，被褥究竟有人带否？大衣一件，呢帽一顶，并《辞源》一部，希速带出为幸！（此外绒线衫亦望带出）福前请邮

局(宁海)汇出洋八元(约四月初)至上海中华书局,预购《二十四史辑要》一部,至今该书局尚未收到此款,福已向邮局交涉,望西哥再去一查。余容后述。敬请
秋安!

弟福上〔一九二八年〕九月十三日

　　信与洋请寄——上海闸北横浜路景云里新廿三号王方仁兄收转为便。以离苍山兄太远,往来不便。以后通讯处永远如此,钱能快些从邮汇出更好。

致赵平西

西哥:

　　父亲的手字并账目统收到。福思现今所负之债,已不亚于父亲当年了。因此,福有数言,请详细为兄告。然此数百元,福实不难立刻还了。福现已将文章三本,交周先生转给书局,如福愿意,可即卖得八百元之数目,惟周先生及诸朋友,多劝我不要卖了版权,云以抽版税为上算。彼辈云,吾们文人生活,永无发财之希望,抽版税,运命好,前途可得平安过活,否则,一旦没人要你教书,你就只好挨饿了。抽版税是如此的:就是书局卖了你的壹百元的书,分给你二十元。如福之三本书,实价共贰元,假如每年每种能卖出贰千本,则福每年可得八百元,这岂非比一时得到八百元要好?因此,福近来很想将此三部书来抽版税,以为永久之计了。西哥以为如何?福现今每月收入约四十元,一家报馆每月定做文章一万字,给我廿元。又一家杂志,约廿元至卅元。不过福近来食住两项,每月要用去廿五元,书籍每月总要十元(一星期前,我买了一部大书,价就十八元)。因此,这两笔所

赚，没有钱多。要还债，非更用心不可。福近来每夜到半夜一二点钟睡觉，因为写一篇文章，有时肚里似乎胃病又要发作了，我就一边吞胃药，一边再写。幸得上海朋友医生多，吃药很便，所以身体还是很好，很健。在上次那张照片上，可以看出。现在这篇文章快做好了。大约四万字，福决计卖出去，一收到钱，当即以一百元先还兄。这篇卖了以后，就想动手翻译外国名家的文章。近来周先生告诉我一本书，我买到了二本，假如这两本能翻好，我什么债都可以还光。这书共有十五万字，福想两个月翻译完。（翻译——就是将外国字翻作中国字。）此书一翻出，各书店一定愿意买。年内还有四个月，以后两个月，再做自己的文章。因此福希望父母，决不要为福担心，福之前途，早已预计在胸中了。福有时自己想，青春的光阴，就是埋头案上过去，终日和笔砚为伍，抛了父母妻子，岂不苦痛！但有时想，这有什么方法呢？我脱离教育局，在父母或者以为不愿意，在福始终觉得这是对的。在宁海做事，终究不过一个宁海人。现在，福虽没有能力，福总想做一位于中国有贡献的堂堂的男子。我现在已经有做人的门路了，只要自己刻苦，努力，再读书，将来总不负父母之望。前次，洪谟临死时，他对我说，平复，你总要到外国去读几年书，光阴是很快的，不要为社会所牵制。他自己为社会所牵制的人，福想他的话确是对的。但眼前到外国去，钱从何处来，外国最少一年要一千元用，来回路费每次要二百。福眼前的机会还算好，因此到外国去的心，等一两年再谈了。这又是运命使我如此，家穷，又有什么方法呢？西哥，父母或者还以我为孩子，不知道世故。实在，我对于做人的道理，处世的道理，我是清清楚楚的了。虽则廿七岁的生日还过去不到一月，实际，福觉得自己有些衰弱了！不过社会太黑暗，为之奈何？譬如我在宁海做事一年，处处垫钱，吃力，空了一百几十元的债，他们还要说我，这真无法可想。社会是黑暗的,有的时候,做坏的人得便宜,做好的人吃亏。但我们因此做坏人么? 不能够。苦的东西,有时尝尝会变甜起来,福以为是有道理的。福此后做人,简单的两句话,可以为哥告:一、自己努力、刻苦,忠心于文艺。二、如有金钱余裕时,补助于诸友。现在的世界是功利的世界,这是最可伤心的。我愿西哥勿以我言为迂腐。今年冬,我想不回家。以我不愿意再见宁海,再和宁海之人周旋。父母和西哥能出来一趟,是最好了。我现在住的房子很大,又没有学校功课的牵累,我是很自由的。夜深了,以后再谈。此信内的话,可择能得父母喜欢的禀告父母,更勿授外人读,以外人的嘴巴太多了。近来尚欲与二三位友人,办一种杂志,已得几位先生极力帮助。一月后或能办就,此杂志如何,于福将来,亦有极大关系。明年,如能照现在的情形下去,决计还是不做事,否则,假如生活不得已,只好寻地方教书了。教书实在是读书人的下策。教书给你教五十年,还有什么花样教出来? 到死还是教书先生罢了! 朋友杨君行李,在我岳家,兄能设法托人带出来否? 杨君愿意拿出带费三四元。此事亦望西哥代办。敬请胞安!

弟福上〔一九二八年〕十月廿五日

此信请勿给外人,外人嘴巴太多。中华书局之洋,已承认去。
附告

致赵平西

望哥先命人担到我家来。

西哥:

久不得父亲字,想家中安好耶? 福半月来颇忙,以与二三友拟出刊物故。友人杨君在杭,云行李还放在东溪岳家,严冬将近，衣服全无，彼愿出寄费数元，托人带至上海。否则请哥先将下面所写几件衣服，用白线毯包好（杨君箱内有白毯的），叫宁波水客带至宁波文明学社收转，速寄上海棋盘街合记教育用品社王方仁先生查收亦可。需用紧急，希寄勿误！余言后告，即请康健！

弟福上〔一九二八年十一月〕十七日

双亲前代问安

致赵平西

西哥：

十月二十夜信收到，一切均悉。并云前托芸生先生带来一函，福已长久未到程宅，亦于刻间匆促前去。闻芸生先生已返里，而松生先生之子，不幸于半月前夭死了！彼六产只此一子，竟忽然夭去，闻之亦心伤！刻间回来，将二信重读一遍，各事敬一一为哥陈述如下：

1. 杨君被铺之事，云已有友人代彼带至宁波，不日即可送往杨君处。此事已了，望哥勿念。

2. 翠凤妹之学医事，前有复信与彼，莫非未收到？医校读书，年非四五百元不办，且伊程度不够，大有困难。不如入医院当练习生，经费亦少，得益亦大，较为妥善。前有一家有名大医院，招收看护生，只要保证金四十元即可入院。而福又以彼不来了，未去交涉。此事福有暇时，再与认识医生商量好了，以后再告，请转知。

3. 桂妹之婚姻事，为何竟如此急忙定了？我不禁流泪叹息，"桂妹啊！你的一生已经卖了！"西哥，桂妹将来满意则已，一不满意,其罪恶则在你我之身上!你还好,不懂人生情爱之大义,而我是懂得的,懂得真正结婚的道理是如何的,而对于亲爱的妹妹,竟一言不顾问,唉!枉为读书的二哥!不过明年,我还想补助桂妹到外边来读书,使得她再得一点知识。

4.款户利息全数买了中学用的书籍,叫文华拿出账目来就是!书可退还否,我不知道。宁海之事如此,真正可恶!兄亦可推托,不必去管。

……(中缺页)弟心非常快乐,此系弟开始得到报酬最多,亦最快的文章。

7.年内决不回家,回家做什么事呢?弟总想待稍有名望之后,回归故里。近日生活亦好,每天可写二千字。又与友人办报,事亦稍忙。双亲能出来一次吗?福极望父母出外游玩一次。

另纸希奉双亲,祝哥快乐!

弟福上旧十月廿五夜
〔一九二八年十二月六日〕

不要给别人看。

前有长信一封,收到否?

致吴素瑛

素瑛:

前文会弟来告诉我家里的情形,我心里非常难过!但我在外做事,有什么方法好想呢?托会弟带来的鸡与鸡蛋,都收到了,谢谢你!

五天前我交托和卿兄带来的布,想你已经收到了?里面有的你可以做长袍用的,一条是做裙用的,其余给孩子,随你处置。假如有的话,送点给玉瑰妹子也好。总之,你是有主意的。

我今年的生活比较好些,以后我当按月寄二三十元钱给你,作家里零用。店里我亏空了的钱,再由我补还。今年一年之内,我当补足,你无用担心。(下缺)

〔约一九二九年〕

致陈昌标

亲爱的朋友昌标君!

你已经见过你的母亲和你爱及弟弟吗?你已很快乐的安居在家里么?Home,Sweet home,家庭的爱,已医好了你的二个月的血病的一部分或大部分了么?我相信天帝待我青年们的〔是〕善的,主美爱的神更一样对我们是幸福快乐的,我的爱友,你的近况是否如此?恐已借中国药之力,你的病已可好了!

从你返家后,我的一部分灵,确也伴你在诸暨山后那好青年住的屋里,是不是半新半旧的屋啊?而且知道一位慈亲的母亲,一位热爱的妻子,二(?)个活泼伶俐的弟弟,也时常到那屋里来,看那心中的宝贝,——是我的一个好朋友。我的眼,明明白白:见到,——因我的心命令它如此,它也不能转依近的肉的意见而反抗的。家庭的爱的剧是永久如此演的。结果呢?我的朋友病全好了,他可以到外面来干些什么事,我的灵——一部分也回身了。观者也快乐了,因为我和你可以见面了。

日子是一天一天地过去,在我的心上,是一锤一锤的击着!昌标呵!我现在的心的身,恰似随风飞舞的柳絮,逐上逐下逐东逐西,究竟不知道落在哪里!水吗?山吗?垃圾堆么?还是永远的不知去向?真要自恨还是无机物的好!同级的朋友,多一个一个离校了,有的说:"我们还总能见面罢!"有的说:"五年的因缘完了,我们说不定这次是我们人生最后的离别了!"有的说:"我们总要各向各的目的前飞,总还有我们的快乐在前面罢?"但这些话我也不愿去想它,因为回想过去,总是悲色的。在我们的未来是怎样呢?我总想,我的朋友病好了,我俩总有见面而且同住——永久同住的日子的。暂时隔离,在人的社会是不灭的。所以那天我也愿意我的朋友返家调养,早养好了,就是我们见面的日子早近了。下半年如我论,未知能否在东南大学里,一个人在那块不熟识的地面上,虽未免有些寥冷,但我也作它是吃药论,当时虽苦的,以后也总有好的反应。否则不准我入进那块地里,我又不知飘在何处了!但零落的幽山,假如有我几个朋友同道,我也愿意的,也快乐的,不幸,很孤寂的一个人,我又将怎样呢?光熠是决定在社会办事,也总有相当地方,康心究竟未知怎样?贺章也摇曳未定,不过天帝待我们总是好的,早和迟,总不使我们失望!

近几日来,身体疲倦的了不得,心昏昏的如在睡乡一样。功课也不能十分预备,到那时还是用我自己的侥幸去碰罢!

别的话以后再说,因为我的手若不十二分不能执笔,当时有告你。这算是你病家中的第一封罢。

平复　上

〔一九二三年〕六月三日

致陈昌标

昌标:

我已经到宁了。昨夜在火车中,幸得只八小时,若十倍,恐我现在已经病卧床上了!拢总算起来,还没一时的安睡,这是使我身心何等不能忍受？现在总算置处好了寄身的地方，南京，鼓楼，兴皋栈里一间斗室里已有我的一个人了。雨在〈着〉不住的流泪，好似替我悲感叹息，现在我的心湖上，已起了二种灰心的波涛了：(1)梁君告诉我此次应试人数，报考的足有千多；而录取，最多不过五十人。昌标！我能占二十人中为第一吗？考试虽然没甚意义，一半是在题目的投机，一半是在看卷者的快乐，没有精确的标准，但是我又能得其侥幸么？(2)南京地方，依所见而举一反三说起来，大半荆棘荒芜，除了街市一带，很像乡村旷野（南京城面积50方里），所以东南大学，以形式论也很有冷荒气，和我先前的想象中的差的千里。甚且学费六十元，浙江没在减费之例，我也心为愕然！如此求学，何须父母担负这么重！所以我现在志愿很冷淡。昨日在上海见过天授，商起我的最高问题，他说，没人帮忙，在上海的饭碗是不易得到。而淮君先生呢？恐怕也鞭长莫及。但现在毋须说，考好再论。身如蓴生鸡，孤寂甚，精神颇罢，后再告。

平福 上

〔一九二三年〕七月二日

致陈昌标

标友：

前日发信收到否？近状如何？精神有没起色？复如常，难为兄告。唯想自昨夜始，熟读诸经。案头已有般若经、太上道德经、离骚经等，尚欲购诗、易、书及佛学诸经，囊裕时即备。科学类书及英文久不欲，极疏；文哲学亦没切心钻研，便忘耳。创造周刊尚好，前未买，十七期后奉上。愿看时翻翻可耳。别后叙，望早健，早日渡江来湖畔也!

平福
〔一九二三年〕九月廿七日

致陈昌标

昌标:

我到京已一日,现和光燨同房,租漠华隔壁。很好。

京中景色非同小可,堪供青年游憩。中央公园已去过,北海滨、景山麓也带便看了,实在雄壮!

不过天气奇哉,昨日春风动人,今午白雪满地,江南不能值。

精神很疲,难多述。明后天定休息。以后想旁听北大生物学,英文,世界语等。

淮君先生到沪否?你安心在沪罢!

平复
〔一九二五年二月〕

信寄北京孟家大院通和公寓

致陈昌标

廿九日来信收到,读之心酸泪垂!江南河北,异地同悲,天固薄我,其如何之!前本想南图,继以秋后仍欲读书作罢,且踏遍中国,恐无吾们之乐土矣!以此近来颇有转南为之志而北向者,醉心于俄罗斯德意志,Tolstoy, Nietzsche 固我们师,而是二邦之精神,尤足奋起吾们之进取,标其有意否?惜复一以英文不好,二以旅费为困,虽行乞可前,终以本质太弱,标其有补我之见否？半篇诗收到否？近作《刽子手的故事》一篇，想在《支那二月》发表。

弱复
〔一九二五年〕八月一日

战！

赠我昌标置之座右弱弟平复作

　　尘沙驱散了天上的风云，
　　尘沙埋没了人间的花草；
　　太阳呀，呜咽在灰黯的山头，
　　孩子呀！向着古洞深林中奔跑！

　　陌巷与街衢，
　　遍是高冠大面者的蹄迹，
　　肃杀严刻的兵威，
　　利于三冬刺骨的飞雪！

　　真正的男儿呀，醒来罢，
　　炸弹！手枪！
　　匕首！毒箭！
　　古今武具，罗列在面前，
　　天上的恶魔与神兵，
　　也齐来助人类战，
　　战！

火花如流电,
血泛如洪泉;
骨堆成了山,
肉腐成肥田。
未来子孙们的福荫之宅,
就筑在明月所清照的湖边。

呵!战!
剜心也不变!
砍首也不变!
只愿锦绣的山河
还我锦绣的面!
呵,战!
努力冲锋,
战!

作此诗时系痛饮一瓶白兰地以后。
末节复颇自豪,望标严刻评之。复望。

七月八日夜

致陈昌标

标!

六七月间,天天看报,烧我一身如火!更悲者乃自己之堕落耳!梦想女人与衣食住的满足,书籍掷在屋角间,抑郁悲哀,无可奈何……以自警,且含长歌当哭……胜于复,生命的优越……的景仰……的算……加诸复……语赠复之前……挽复之意。

标得住"明月×××湖边",幸福实何如之,此后千嘱勿以毁灭语自嚼!以吾们不能立刻就死,还当以生为荣耀,虽吾们流为乞丐亦可!人间如地狱,我古国更不堪设想!世界筑在青年的心上,吾们子孙当自负之!(悲哉悲哉,复执笔告兄如是,而自己时想投北海以自决者,又如何一回事!此又望标之勉我可也)冬后定返南,标如在杭,必至西子湖……逗留几日。以吃饭谈天有着……之。弱弟平复……尚余……生字时翻时忘。……记得,不过……地有作者手腕之高超伟大之觅得而已!真可怜!*Poor Folk* 已购到,读后当寄标,囊中时空,买书之欲又炽,近颇想得 Nietzsche 所有著作而读之,其无可奈何事也!一〔星〕期后北大即开课,复仍决糊涂地去旁听一些哲学、英文,唯买书费尚未着落,家中又不知何日会寄来,堪令伤心而焦急!运命如是,尚何言哉!Byron 全集有否?

平复

〔一九二五年八月〕

致陈昌标

标:

接廿五日手书,无泪可挥了!复以身体不值钱,虽明知病象已深,终无意加护,日前虽恢复吃饭状态,刻又精神萎靡,数夜的遗精,此大苦我!后此当以标言为玉粒,虔诚知警!明日想移往煜处同住□□□省□。实则,煜近来除对我呆看,和作忠心的无形之极爱外,也不知我之苦痛了!然我又岂知彼之苦痛乎?标!天空地阔,唯望见你影之仿佛在眼前外,我将在孤寂中死矣!Alice 为复极爱之友,亦久不相见,以不愿再见故也!贺章恐不返杭?复极愿莅杭时与彼一会。

弱复白
一九二五年十二月四日

返南仍无定日,钱可不必寄来。五日前信收到否?标有欲北方之土产否?望速函来当买而赠。还望转中岳、雪坤二君一声。信须速。

致陈昌标

昌标:

你一定对于我的居家究竟什么?要怀疑了!我的病并不像你的前信所想象的那么厉害,不过我的精神,实在如狂风暴雨中的落花一样,残片凌乱,委地无言了!标!与其说我的身病,不如说我的心病!说是养病,不如说是致病!呵,这是我的堕落!一月已过去,这"过去"不过在我的感觉和淡漠的观念中似乎感〔到〕有这么一回事罢了,其实,我可拿出事实上的证据来么?不能!我可用科学之理论上的证明么?又不能!我可用数学的演算而绎现出来么?更不能!呵,更不能!"书"不知是菜蔬还是米饭,大概,怕是糟糠一类东西了,因为我全不重视!二篇未完成的小篇文稿,也不知谁为我收藏的这样隐固了!其余,我此刻也说不出,总之,我是猪栏里一只有精神病的猪呵!呵,这是我的堕落!

我的家庭将起有变化,这变化是"我"与"我"中间的一回人生之波罢!我不能为你道,不过你或者能从你丰厚的猜想力上猜到几分!我明年读书,恐成陆上行舟的一回事,我以后大学求学的梦想,怕也永远梦想了!不过我在明年,决找取半年的英文补习,虽有人在不愿,也无如彼奈何?以后当再详和君道。别不多叙。

　　祝
年安

平复
〔一九二七年〕一月卅日

　　春联二副附上,好否?

　　　　天高地厚,春光烂兮
　　　　日新月异,人事陶然

　　　　处处阴阳不老
　　　　年年人物俱新

致陈澄海

澄海伯:

　　得标兄函,知福体欠安,未卜近来康泰否?刻由邮局寄上洋念伍元,祈收,敬请
尊安

侄赵平复上
〔一九二七年〕十二月二十二日

致冯铿

亲爱的梅:

　　今天我非常快乐,真是二十九年来惟一的日子,是你给我的,

是你给我的!

同你在电车上,我不是对你说"真理是复杂的"吗?现在,我实在觉得它错了。因为我将"假真理"(人道主义的假面具)混在真理的里面,也将它当作真理看了。真理是单纯的,惟一的!下午五时同周君从胡君家里出来,我们两人徒步的一直走到日升楼,我将我们的事告诉他,并将我和你的弱点也告诉他,结果我要他作结论。呵,梅,他的话完全和我们上午的行动一致的!他鼓动我许多,同时也想鼓动你,"因为"他说,"我们只有这样做才对,才能配合我们的事业和理想,真理是只有一条路的。"你看,梅……

晚上没得见你,而且空使你跑一趟,心一时颇不安;我就将这不安在你的纸条上吻了三次,不,四次,我想,"我们有明天,后天,永远的将来的晚上……"

不想多写了,要译书,我的小鸟儿,祝你夜安!

复上

一九三〇年〔十月十八日〕生日

致 许 峨

亲爱的同学、许峨兄:

我们相见虽只有三数次,但我们早有互相的了解,所以我不辞冒昧地写给你这封信,希望你安静地读完,如有错误的见解,更希望有所指正。

你现在或者在怨我,在骂我,我都接受。因为在这个时代,紧要的是我们的事业。我们的全副精神,都应该放在和旧时代的争斗上。"一谈恋爱,便无聊了",我常常是这样说,这并不是诅咒恋爱,轻贱恋爱,因为恋爱多半有角,有角便有纠纷,有了纠纷便一定妨害事业。贤明如兄,想早知道的。

在我,三年来,孤身在上海,我没有恋爱。我是一个青年,我当然需要女友,但我的主旨是这样想:"若于事业有帮助,有鼓励,我接受;否则,拒绝!"我很以为这是一回简单的事。

一月前,冯君给我一封信,我当时很踌躇了一下;继之,因我们互相多于见面的机会的关系,便互相爱上了。在我,似于事业有帮助,但同时却不免有纠纷;这是事实告诉你我,使我难解而且烦恼的。

你和冯君有数年的历史,我极忠心地希望人类的爱人,有永久维持着的幸福。这或许冯君有所改变,但你却无用苦闷,我知道你爱冯君愈深,你亦当愿冯君有幸福愈大;在我,我誓如此:如冯君与你仍能结合,仍有幸福,我定不再见冯君。我是相信理性主义的。我坦白地向兄这样说。兄当然不会强迫一个失了爱的爱人,一生跟在身边;我亦决不会夺取有了爱的爱人,满足一时肉欲。这其间,存在着我们三个人的理性的真的爱情,希望兄勿责备冯君。我们的前途是光明的,我们所需要做的是事业,恋爱,这不过是辅助事业的一种次要品。在我们,我们是新时代的新青年,我相信一定可以解释明了,圆满结束的。所以我向兄写这封信。

闻兄近来身体不好,希善珍摄!并祝努力!

弟柔　上
十月二十日

致冯雪峰

雪兄:

我与三十五位同犯(七个女的)于昨日到龙华。并于昨夜上了镣,开政治犯从未上镣之纪录。此案累及太大,我一时恐难出狱,书店事望兄为我代办之。现亦好,且跟殷夫兄学德文,此事可告大先生,望大先生勿念,我等未受刑。捕房和公安局几次问大先生地址,但我哪里知道。诸望勿念。祝好!

赵少雄
〔一九三一年〕一月二十四日

洋铁饭碗,要二三只,如不能见面,可将东西望转交赵少雄。

致王清溪

请将此信挂号转寄至闸北横浜路景云里23号王清溪兄收。
清溪兄:

在狱已半月,身上满生起虱来了。这里困苦不堪、饥寒交迫。冯妹脸堂青肿,使我每见心酸!望你们极力为我俩设法。大先生能转托得一蔡先生的信否?如须赎款,可与家兄商量。总之,望设法使我俩早日脱离苦海。下星期三再来看我们一次。借钱给我们。丹麦小说请徐先生卖给商务。

祝你们好!

雄
〔一九三一年二月〕五日